———

两个独立的个体，
在生命的某个地方，
有了不可避免的交集，
然后携手同行。

———

孤独的人
总会相遇

夜叔 等 ◎著

所有的相遇，都如久别重逢

所有的相遇，都是命中注定

陕西师范大学出版总社

图书代号　WX19N1506

图书在版编目（CIP）数据

孤独的人　总会相遇 / 夜叔等著 . — 西安：陕西师范大学出版总社有限公司，2020.1
ISBN 978-7-5695-1105-5

Ⅰ . ①孤… Ⅱ . ①夜… Ⅲ . ①故事－作品集－中国－当代 Ⅳ . ① I247.81

中国版本图书馆 CIP 数据核字（2019）第 195327 号

孤独的人　总会相遇
GUDU DE REN ZONGHUI XIANGYU

夜　叔　等著

| 策划编辑 / 姚蓓蕾 |
| 责任编辑 / 王淑燕　姚蓓蕾 |
| 封面设计 / 袁　磊 |
| 版式设计 / 刘玉珍 |
| 出版发行　陕西师范大学出版总社 |
| 　　　　　（西安市长安南路 199 号　邮编 710062） |

| 网　　址 / http://www.snupg.com |
| 印　　刷 / 陕西龙山海天艺术印务有限公司 |
| 开　　本 / 880mm×1230mm　1/32 |
| 印　　张 / 8 |
| 字　　数 / 165 千 |
| 版　　次 / 2020 年 1 月第 1 版 |
| 印　　次 / 2020 年 1 月第 1 次印刷 |
| 书　　号 / ISBN 978-7-5695-1105-5 |
| 定　　价 / 49.80 元 |

读者购书、书店添货或发现印装质量问题，请与本公司营销部联系、调换。
电话：（029）85307864　85303629　传真：（029）85303879

目录

Chapter 1 夜叔有故事

1 婚姻，是一场携手并进的修行 /002

2 因为爱你，所以可以记住一切 /012

3 恋爱慢一点，结婚晚一点 /021

4 他爱不爱你，都藏在这些小事里 /031

5 婚姻里的爱情：不急不躁过日子，过好一辈子 /040

Chapter 2 往日留言簿

1 雾霾笼罩不住 32 度暖 / 050

2 最远的恋人 / 060

3 迟到的桃花 / 072

4 最后一张明信片 / 081

5 百花深处的玛莲娜 / 090

6 绿豆汤和鸡尾酒 / 107

7 错爱 / 113

8 住在青春隔壁的假想敌 / 122

9 与风与木忆鹿良 / 143

10 遗失在青春里的那个人 / 158

Chapter 3 幸福的密码

1　余生，和心疼你的人在一起 / 168

 2　告别不爱你的人，从爱自己开始 / 178

  3　缘分别强求，余生别将就 / 186

 4　不打扰是我最后的温柔 / 195

5　愿你余生，有人爱，有人陪 / 206

 6　爱没有捷径，唯有用心 / 214

  7　真爱你的人，会为你打破原则 / 222

 8　一个人说话的语气里，藏着他的修养 / 230

9　做内心强大的女人，爱最好的自己 / 238

Chapter
1

夜叔有故事

好的婚姻,
是让彼此成为更好的人,
是共同努力,携手前行。

1
婚姻，是一场携手并进的修行

乐观点的人说："婚姻，就是找个合适的人，一起搭伙过日子。在平平淡淡的岁月里，平凡地生活。婚姻啊，与爱情没有太大关系。"

我们很多人都向往婚姻，却也恐惧婚姻。男人，想有一个停靠的港湾，却也想要自由；女人，想要安稳的感觉，却也向往浪漫。《围城》里说婚姻就像一座围城，"围在城里的人想逃出来，城外的人想冲进去"。

所以，当我们选择迈入婚姻这道门的时候，就应该预先了解这道门的意义。

有一次，我去金华的一个乡镇拜访老朋友柯柯，一进她家的院门，我就震惊了。柯柯现在的生活，应该是所有人都向往的吧。

院墙上爬满了墨绿的藤蔓，丝瓜藤和黄瓜藤交互缠绕在一起，黄色的花隐约在绿色间，旁边还种着许多色彩斑斓的鲜花，院墙下有一小片菜地，种着小白菜和西红柿。另一侧的墙角处搭起了一间小房子，那是柯柯的"工作室"。

我刚进院门，柯柯就从工作室里出来了。她说："终于把你盼来了！"随后是她爽朗的笑声。她的笑声比以前更清脆了。在我的印象里，柯柯还是那个穿着牛仔裤、帆布鞋风风火火的"二姑娘"。我原以为会看到邋里邋遢的一个妈妈的形象，然而柯柯穿得干净整洁，简单大方，从骨子里透出来成熟端庄。没等柯柯开口说话，她身后的小孩就羞羞答答地说："阿姨好。"这个是柯柯的儿子，球球。球球是个惹人喜欢的小家伙，很懂事，也很有礼貌，这都出于他良好的家教。

柯柯现在是一个全职妈妈，副业是制作小工艺品，她每天在她的工作室里，一边照顾两岁多的球球，一边干活，等丈夫回家。她的丈夫在镇上当公务员。夫妻二人，一个宝宝，过着平平淡淡的小日子。

我不禁问了一句:"你怎么有了这么大的变化?"

柯柯笑着说:"我总不能让我老公觉得别人家的媳妇儿更温柔,更不能让我儿子觉得别的阿姨更漂亮啊。以前的我,我行我素的,不管别人的喜恶,只为自己活着,还把这当作是一种个性。其实人总是要成长的,身边的人都在进步,我不能还是以前的那个我了。"

婚姻让柯柯成长了很多。这其中也经历了不少的坎坷。

柯柯与老池是大学的时候认识的,毕业两年之后结婚。结婚不久柯柯就怀孕了,她觉得自己都已经为人妇了,也不愁嫁了,就卸下了所有的防备,在家的时候不化妆不打扮,蓬头垢面邋里邋遢。

那个时候老池一直在忙着考公务员,每天晚上看书到深夜,第二天一早还会去上班,下班之后给柯柯带饭回来,匆匆吃完饭,就又把自己关到房间里去复习了。柯柯因为老池很少陪她,就经常大发脾气,有一次还冲进房间里,把他的书都扔到了地上。

老池看着这样的柯柯,无奈地摇了摇头,他说:"你到底想干什么?我每天要上班,要准备考试,真的已经很累了。我不

男人,想有一个停靠的港湾,
却也想要自由;
女人,想要安稳的感觉,
却也向往浪漫。

想让你跟着我在这个城市里一直租房子，一直漂泊，我想给你一个家，给我们的孩子一个家。可你，你看看你现在的样子！"

那天夜里，柯柯看着镜子里的自己突然觉得特别地讨厌。结婚之后的她，不工作，不思进取，不顾形象，也不讲道理。

柯柯跟我说，那天晚上，她突然意识到身边的这个男人一直在前进，而她自己却一直停留在原地。那个曾经与她炽热相爱的人，已经把她落了很远很远了。而她，想不出任何的理由，让对方等等她。

"我只能努力再追上他的脚步，握紧他的手。"柯柯给我展示她制作的那些小工艺品，她笑着说，"你知道的，我在大学的时候，就喜欢摆弄这些小东西，但恋爱结婚生子这些事，让我曾经差点以为，一个女人，就只会做这些事情了。"

后来，怀着球球的时候，柯柯就会在家看各类手工艺的书籍，她买来很多工艺品的制作材料，在家研究起来。做出满意的作品之后，柯柯就会在网络上登出照片展示，后来，竟然有人开始向她下订单。就这样，柯柯开始了自己的小事业。

如今，凭着柯柯的努力，她的网上小店已经经营得有声有色。柯柯明白，努力让自己变得更好，才能不辜负陪在身边的人。

傍晚的时候,老池回来了。他也不再是以前那个留着小平头憨憨的小伙子了,整个人都充满精气神,笑得阳光而富有朝气。在他的脸上看不出疲惫,那种表情只有真正幸福的人才能展现得出来。

在一起这么多年,他们看彼此的眼神还是满怀爱意,真是让人艳羡。老池话里话外都在夸赞柯柯。他说:"娶到柯柯,是我一辈子修来的福气。她很聪明,也很优秀,还特别懂得教育小孩子。我要更努力,给他们更好的生活。"

柯柯的书桌上还放着营销管理的书,柯柯说:"我打算等球球上学了,就在镇子上开一家工艺品店。即使结婚了,也不能停止成长。幸好,我明白得还不晚。"

后来我听说,柯柯如愿开了一家自己的店,非常受欢迎。老池没有变成油腻疲惫的中年男人,柯柯也没有变成粗糙臃肿的怨妇。他们恩爱如初,一同变得更好。

好的婚姻,是让彼此成为更好的人。是共同努力,携手前行。

十年前,佩华嫁给了一穷二白的张毅。结婚之前,佩华的父母极力反对,希望女儿能嫁给一个经济条件好的人家,这样嫁过去就能过上好日子,少吃很多苦。

佩华却坚持要嫁给张毅。她跟母亲说:"张毅是一个非常努力上进的男人,我可以跟他一起努力。一个女人,嫁给一个男人,不是作为附属品一样地给他锦上添花,而是,我需要他,他也需要我。我们一起努力,去一砖一瓦建造属于我们自己的幸福。"

尽管父母再三阻挠,佩华还是嫁给了张毅。

十年间,佩华跟着张毅在各大城市漂泊,起先跟人打工,后来张毅就开始创业,搞一些小生意。网络购物越来越流行了,张毅就乘势开了一家小型的电商公司。

那个时候,日子过得真的很辛苦,公司运营需要的钱都是他们四处筹来的,为了给员工发工资,佩华还回娘家借钱。难免被娘家人数落挖苦一番。

但佩华的内心很坚定。她要跟丈夫一起承担所有的生活压力。

一次,生意上又出了问题,张毅几乎精神崩溃。他愧疚地对妻子说:"这么多年,我都没有让你过上安稳日子。让你跟着我四处漂泊,受苦受累,我真是对不起你。"佩华安慰丈夫说:"有你的地方,就是家。你不也是吗?我们一起努力,会好起来的。"

她从来不会抱怨,不会指责,遇到任何问题,都是主动和丈夫一起去承担。经历了风风雨雨,他们在城市里安了家。给房子付首付的时候,张毅抱着佩华大哭起来。他说:"很多时

很多人都误以为,结了婚,
就算是完成了此生的使命。
由此便可一日一日,
循环往复地过下去了。

候,我都以为我坚持不下去了。想跟你说咱回老家吧,但看到你那坚定的眼神,我就有了力量。谢谢你,老婆!"

生了孩子之后,佩华在家照顾孩子,也非常辛苦。张毅就利用一切闲暇的时间学习"育儿心经",虽然公司里有很多事情要处理,但他还是会尽量早点回家,帮老婆照看孩子。

如今,孩子也长大了,佩华和丈夫一起管理着公司,两个人一直恩恩爱爱,努力工作,认真地生活。在张毅眼中,世界上再没有比佩华更好的女人了。

他们从一无所有、四处漂泊,到安家立业、儿女双全。他们一起成长,朝着共同的方向努力前行。

婚姻真正的意义是什么?是房子车子,是孩子票子,还是搭伙过日子?

很多人都误以为,结了婚,就算是完成了此生的使命。由此便可一日一日,循环往复地过下去了。但是,两个人在生活里走路,步调不一致的时候,会走得非常艰难。

他向前迈一步,你也向前迈一步,这样才能看到同样的世界。但如果她向前迈了一步又一步,你还留在原地踏步,那就只能分道扬镳,各走各的路,各看各的风景了。

有人说:婚姻,讲究门当户对、势均力敌。这样天平的两端才能平衡,一个家庭才能平平稳稳地持续下去。

其实,婚姻之中的两个人不一定要门当户对,势均力敌。毕竟婚姻不是一场"拔河式"的较量,而是共同用力,朝着一个方向推车。

这世上,不幸的婚姻各有各的不幸,幸福的婚姻,却大抵相似。他们一起努力,彼此鼓励,朝着共同的目标,不断地前进。好的坏的,都一起经历。不埋怨,不抱怨,不抛弃,不放弃。

婚姻,应该是一场携手并进的修行,十指紧扣,一同上路。

两个独立的个体,在生命的某个交会处,有了不可避免的交集,然后携手同行,没有太慢,也没有太快,你成为更好的你,我也成为更好的自己。这才是婚姻,该有的意义。

2
因为爱你，所以可以记住一切

有人说，爱能给人带来最好的记性，爱你的人会记得你的生日，会记住你的兴趣所在，更会记得你的喜好。

父母年纪越来越大，越来越健忘：东西放哪儿了经常找不到，转个身就忘记上一秒钟想干吗，跟他们说过的话可能也转眼间就忘了。但是，你小时候的种种趣事却完好无损地保存在父母的记忆中，哪怕是几十年前连你自己都记不清的小事，他们却津津乐道，描述得绘声绘色，仿佛就发生在昨天一样。

我想，人的大脑内存应该是有限的，它会自动清理无关紧要的琐事，用来牢牢铭记那些自认为重要的事。所以，如果你关心在意一个人，总是会记得许多与他有关的小细节。

亲情如是，友情如是，爱情亦如是。

阿曼是个行事马虎记忆力极差的女生，平日里经常丢三落四忘东忘西。读大学的时候，她去食堂发现忘带饭卡，去上课发现带错了书，出去玩一趟，不仅买票买错了日期，还差点把身份证给弄丢了。闺密们都深表无奈，担心她有天会把自己给弄丢。

后来，阿曼谈恋爱了。大家才知道，原来她也会有细心的时候。

阿曼会记得男朋友的每个喜好，记得他穿多大码的鞋，记得他最喜欢的球星是谁，记得他不爱吃葱，每次跟他一起吃饭都会记得提醒服务员不要加葱。天气冷了也不会忘记让男朋友多加衣服。男朋友要出差，阿曼竟然还能列出一个必带物品清单，上面一应俱全，她甚至还帮男朋友把所有的东西都收拾得整整齐齐放在行李箱里。

或许，恋爱的一个神奇之处就在于，它能让一个马虎健忘的人，瞬间变得记忆力惊人。

朋友都打趣地问阿曼："你自己的事都记不清，居然还能记得帮他打点好一切，你是怎么做到的？"

阿曼笑着说道，她手机上有个备忘录，里面记着关于男朋友的点滴，刚开始还会怕忘了时常打开看看，后来就像乘法口诀一样了然于胸。

朋友们一片哗然，阿曼接着说："我现在其实也还是很马虎，但是因为喜欢他，所以会想尽办法记住有关他的一切，生

爱情其实也是一门需要认真学习做笔记的功课，
真爱一个人，不可能对他一无所知，
而你所知道的关于他的一切，都不是从天而降。

怕漏了一点点细节。"

这不禁让我想起张若昀、唐艺昕这对明星情侣的爱情故事，两人相恋七年，公布恋情之后，网友们翻到张若昀在2011年发的一条微博：

关于她的备忘录：

1. 她爱吃樱桃，笑起来很甜。
2. 她喜欢独当一面，也需要小鸟依人。
3. 她笑得再甜，走得再偑，也别觉得她就不是水做的。
4. 男人不该情绪化。保护她，相信她，支持她而不要支配她。
5. 做她的大地，别做她的天。
6. 她喜欢浪漫，可浪漫不是一切。懂她，比陪她浪漫重要。
7. 爱她吧。不用说服自己。

这条微博让很多网友都觉得既感动又羡慕。

张若昀清楚自己是个记性不好的人，因为怕忘记，所以才会认认真真地将关于她的事都记在备忘录里。

爱情其实也是一门需要认真学习做笔记的功课，真爱一个人，不可能对他一无所知，而你所知道的关于他的一切，都不是从天而降，而是需要用心去了解，用心去铭记的。

知乎上有人提问："男朋友记性不好是种什么样的体验？"

底下有个网友回复:"那是他不爱你。"一语道破真相。

不爱你的人,会忘记你的生日和纪念日,忘记他曾经对你做出的承诺,忘记你跟他说过你喜欢什么,讨厌什么,甚至忘记关心你,忘记花时间陪你,当你气冲冲地质问他为什么总是忘记,他只是云淡风轻地说:"你又不是不知道,我记性不好。"
但这真的是因为记性不好吗?

男朋友的记忆力好坏,绝对不取决于智商,而取决于在他心里到底有没有把你当回事。如果真的在乎你、爱你,你说的每一句话,哪怕是一句玩笑话,他都会牢牢记在心里;如果不爱你,你说了一千遍你不爱吃烤肉,下回他说请你吃饭,还是会把你领到烤肉摊前面。

而爱你的人,每次一提吃饭,张口第一句话是:"你爱吃辣的,我们去吃川菜啊!"他会记得你爱吃的每一种口味,却似乎不记得自己更喜欢吃清淡的;每次临近过生日,过纪念日,过节日,都会偷偷攒钱想送你一个惊喜,却似乎记不得这些钱足够买他心心念念的球鞋;每次你生病,他记得哪一种药该如何吃,还会记得你所在城市的天气,叮嘱你天凉加衣,却似乎不记得自己这边今天会下大雨,结果在公司门口被淋成落汤鸡。

其实感情中,根本没有什么记性不好。记性不好的人,只不过是对你不够上心。

真爱一个人永远不会以"我记性不好"为托词，而是会想尽方法，记得与他有关的一切。

之前网络上有个感动了亿万网友的爱情故事，故事的主角是两位平均年龄超过八十五岁的老人——老夏和翠娥。

爷爷名叫夏伟，九十四岁的黑龙江人。奶奶名叫陈翠娥，八十岁的金门人。两人已经结婚六十年了，一直平淡地生活着。直到有一天，孙女夏德萱把他们的日常发到了网上，这对可爱的老人瞬间引起了大家的关注。

爷爷患上了阿尔茨海默症，也就是我们俗称的老年痴呆。他的身体一日不如一日，也开始忘记很多事情。他记不清自己的名字，记不清自己在等谁，甚至常常自己跑出门，事后却说不知道。唯独，爱翠娥这件事，他从来没有忘记过。

奶奶出去买蛋糕，爷爷急得掉眼泪，她可是要去过两三个红绿灯路口那么远……

奶奶吃完饭去打麻将，爷爷赌气说你出去了就不要回来，结果奶奶出去，门还没有关上，爷爷就大喊：你回来！

奶奶去菜市场买菜，爷爷坚持去接奶奶，短短的路走了好久，还要走走歇歇，爷爷的身体本就不好，结果见到奶奶以后，挨了一顿骂，可是爷爷满脸都是幸福的笑容，还自豪地说："你老公来接你了。"

孙女让爷爷写字，爷爷在卡片上写下——

　　陈翠娥　夏伟　二位永不分离。

孙女有次采访爷爷，问他结婚六十周年有什么感想，爷爷一本正经地说："这辈子，她嫁我，我讨她，很幸福了。"

老来多健忘，唯不忘相思。

也许世间最深最真的爱就在于：我会忘记一切，但仍记得我爱你。

虽然我以前是个记性不好的人，现在记性也不大好，可能昨天吃了什么今天就记不清了，但是跟你有关的事我都记得一清二楚。

总有一天我们会变老，连同记忆也会慢慢地消失，也许有些回忆都会被时间慢慢给冲刷掉。

但我希望在记忆殆尽的时候，你依然陪伴在我身边。

这个世界上，说"喜欢你"的人有很多，却很少有人愿意花时间去了解你。

我们每天都会说很多很多话，对不在乎你的人而言，你说的话不过就是一些无关痛痒的句子，但对在乎你的人而言，你的每一句话都值得他细细揣摩。

不知道你是否有过这样的感受，虽然他没有说出对你的喜欢，但在跟他接触相处的过程中，你会发现很多你说过的话，你提起的事，你描绘过的场景，他都一一记着，并且会在不经意间给你惊喜。

老来多健忘,唯不忘相思。
也许世间最深最真的爱就在于:
我会忘记一切,但仍记得我爱你。

当对方云淡风轻地重复着你曾经说过的话做过的事时，你或许会认为这只是一个巧合，但其实哪有那么多的巧合，只不过是他心里有你，才会把那些无关紧要的细节都牢记在心中。

爱你的人，记性似乎总是很好，但你不知道，他所有的好记性，都只是因为爱你。

而那些不太爱你的人，他们对你许下的承诺从来没有实现过，他们对你的一切漠不关心，自然也不会记得。所有的不爱和不够爱，都习惯拿忘性当作借口。

我也可以原谅你记性不好，但无法原谅你对我事事都不上心。

要知道，真正的爱和关心，会动用所有的脑力和体力，去记忆和回想对方的一切。

如果你幸运地遇到这么一个人，他把关于你的一切都记在心上，请一定要珍惜。

毕竟像他记性这么好的人，就算有天你离开了他，他也无法将你忘记。

3
恋爱慢一点，结婚晚一点

老一辈的人结婚，大多是没见过几次面就会订婚约，结婚之后，才慢慢地了解对方。当真正地了解了之后，不管是不是合适，在世俗观念的限制下，也不会选择离婚。

很多夫妻，一辈子都没有爱情，就那样硬生生地捆绑在一起，度过了一辈子。

然而，现在的社会与过去不同了。人们已经对"离婚"二字不那么忌讳了。合则一起，不合则离。夫妻吵架的时候，也会时常把"离婚"挂在嘴边。

讲究"自由恋爱，自由结婚"的今天，我们应该要慢一点恋爱，晚一点，再结婚。

我们应该要慢一点恋爱,
晚一点,再结婚。
慢一点,牵手,才是一辈子。

就像木心先生说的：

> 从前的日色变得慢，
> 车，马，邮件都慢，
> 一生只够爱一个人。

慢一点，牵手，才是一辈子。

雪儿是一个内敛温柔的女生，个子不高不矮，留着一头乌黑的秀发，笑起来还有两个酒窝。大佐初次见到雪儿，就对她一见钟情，并且被她深深地吸引了。外向阳光的大佐就通过各种渠道了解了雪儿的信息，诸如，雪儿喜欢吃什么，喜欢去哪里玩，跟谁比较要好……

了解了这些信息的大佐，就制造了一个"偶然"的机会与雪儿相遇了。之后，大佐就对雪儿展开了猛烈的追求，送礼物，送鲜花，送书，甚至各种节日，都是大佐约雪儿出来的合理借口。

大佐人长得不算帅气，但他身上那股精神劲深深地吸引着内向安静的雪儿，慢慢地，雪儿真的喜欢上了大佐。

两个人谈了三个月的恋爱，大佐竟然迅猛地求婚了。雪儿也就顺势答应了。两个人借着恋爱的火热劲，一个月就举办了婚礼。

就这样，他们闪婚了。

他们不知道,恋爱是激情的花火,婚姻是激情退后的平淡生活。恋爱的时候,如果爱得太满,结婚之后,失望就会接踵而来。

结婚后没过几个月,雪儿就发现大佐身上有很多坏毛病,在家里邋里邋遢的,衣服鞋子到处乱扔,还喜欢窝在床上一边吃零食一边打游戏。当初对雪儿的那些甜言蜜语,却变成了粗俗的玩笑。

雪儿对大佐的态度日渐冷淡,加之两个人之间没什么共同爱好,更没有什么共同的话题可聊,就连看电视都看不到一起。

慢慢地,他们之间的隔阂越来越深,距离越来越大。经常会因为一些鸡毛蒜皮的小事吵起来。吵架的时候,两个人就口无遮拦地指责着对方的不是。即使事情过去了,那些话还是在彼此的心里留下了"疙瘩"。

雪儿试图去改变大佐,让他改变他的坏习惯,让他跟她一起看她喜欢的电影。但不管雪儿怎么去改变他,大佐都嘻嘻哈哈的还是老样子。终于,在一次争吵之后,雪儿萌生了"离婚"的想法。

一天晚上,雪儿下班回家,看到大佐正窝在沙发上玩游戏,房间里被搞得乱糟糟的,还有一股异味儿。

雪儿看到这幅场景,心里顿时生出浓烈的厌恶感:她加完班回来,又累又饿,本想着能吃上老公给做的热乎饭,结果大佐还等着她做饭。

雪儿一边收拾屋子,一边说:"你就不能不这么堕落吗?好好的一个家,让你折腾成这副德行!你看看你,结婚之后变成了什么样子,我根本就不知道你是这样的一个人!"大佐问:"听你这话,你是后悔嫁给我了?"雪儿轻描淡写地说:"如果能选择的话,我会晚点结婚。"大佐听了这话,佯装淡定地走开了,其实却深深地受伤了。

他们矛盾不断,争吵不断,感情变得越来越淡,当初对对方的那股激情早就消失殆尽了。后来,雪儿不经意地发现了大佐跟别的女人的暧昧信息。她一个人躲在浴室里哭了好久。她想着,如果他们当初不是匆忙地结婚,这段婚姻也不至于这么悲惨。

没多久,大佐带着一个陌生的女人出现在雪儿面前。他说,我们离婚吧。结婚没一年,他们就离婚了。雪儿看着大佐离开的背影,蹲在民政局门前大哭起来。

他们爱过,只是并不适合在一起生活。如果知道爱得慢一点,手牵得能更牢一点。当初一定会选择,慢一点恋爱,晚一点再结婚。

在恋爱的时候充分地了解对方,晚一点走入婚姻,才能更快地适应没有距离的相处,这样,才能更幸福一点。

悠悠认识李然的时候,已经二十八岁了。他们是通过同事介绍相识的,见过几次面之后,双方都挺有好感的,就决定在一起了。

悠悠的父母一听说悠悠交了男朋友,非常地欢喜。紧接着,七大姑八大姨就开始催婚了。

每次她一个人回老家,亲戚们就会问:"怎么没有把男朋友带回来啊?你都这么大了,还等什么啊?趁早结婚,赶紧生个孩子啊!"

悠悠虽然被各路亲戚"施压",但她在心里很坚定自己的想法。要嫁的男人,必须在充分了解了之后,才会和他迈入婚姻殿堂。

悠悠明白:恋爱的时候,更多的是激情,是荷尔蒙作用的结果。而婚姻,是激情过后的平淡生活。只有充分地了解之后,才知道两个人到底适不适合在一起。

交往了半年之后,悠悠和李然对彼此更加熟悉了。在悠悠生日的那天,李然拿出一个硕大的钻戒向悠悠求婚,但悠悠拒绝了。

她说:"半年的时间,并不能看清楚我们是不是真的适合彼此。这一生,我只想穿一次婚纱。嫁给一个人,就是一辈子。如果你不急,我们就再恋爱一年,更深地去了解彼此,如何?"李然虽然有些失落,但还是同意了。

婚姻,是激情过后的平淡生活。
只有充分地了解之后,
才知道两个人到底适不适合在一起。

认识的时间久了,他们之间的激情慢慢退去。对方身上的缺点就开始不断地展现出来。

悠悠的性格有些要强,总是我行我素,有时会让李然很受伤。而李然"大男子主义"思想非常重,性格有些偏执,还有洁癖。他们产生矛盾的时候,总要争出个对错来。

两个人到底适不适合长久地在一起,要看他们面对问题时的解决方式。

一次过节,悠悠和李然逛街给双方父母买礼物。悠悠想要买些实用的礼物,李然却想买昂贵的保健品,结果两个人在商场吵起来。李然把悠悠丢下,就走了。悠悠看着李然离开的背影,心里凉了半截。

他们为了一些小事吵过很多次。慢慢地悠悠就发现:他们的价值观和生活观大不相同,而且都互不妥协。

又相处了不到一年的时间,悠悠偶然发现,李然的微信里有很多陌生的女性朋友,而且李然跟她们的聊天记录都很暧昧。甚至,他还跟其中两个女孩约会过。

那一刻,悠悠多么庆幸自己当初没有答应李然的求婚。

后来悠悠主动提出了分手。分手的时候,李然甚至对她说:"你都二十九岁的大龄剩女了,不嫁给我,你就孤独终老吧。"悠悠淡淡地一笑,她说:"即使孤独终老,也比嫁给你却后悔要好。"

好的爱情,不是两个人没有任何缺点,而是对方有很多缺点,但我都能接受。慢一点恋爱,才能了解彼此的优点和缺点,才能更加确定,两个人适不适合一起走余生的路。

而且,一个人是不是忠诚,短时间内是看不出来的,只有长时间地相处之后,两个人之间的激情渐渐退去,他没有去寻找"新鲜感",那就更大程度地说明了,这个人是可靠的。如果恋爱期间,一方就已经做出了背叛另一方的行为,那么,就要考虑一下,要不要与这个人携手一生了。

恋爱是浪漫的,婚姻是平淡的;恋爱是乍见之欢,婚姻是久处不厌。

只有在长时间的相处之中,才能充分地了解一个人。爱上他的好,也接受他的坏。当你清清楚楚地认识了这个人之后,才能够确定:他到底是不是适合自己,是不是自己想要携手终生的人。

恋爱的初期,人们总会不自觉地展现出自己最好的一面,甚至是伪装出好的一面。然而,虚假的和伪装的,都是禁不住时间考验的。在相处的过程中,总会慢慢卸下防备,呈现出最真实的一面。

还没有充分地认识,就着急结婚,在结婚之后,突然卸下防备的两个人相对而视,很可能会产生很大的心理落差,浓浓的失望和不满就会接踵而来。

然后，我们就会将这种"落差"归因于"结婚"。

很多新婚夫妇会想：他结婚前对我一直很体贴，可结婚后却又懒又挑剔；她结婚前总是整洁大方如窈窕淑女，结婚后却蓬头垢面乱发脾气。都是因为结了婚啊！

其实不是因为结了婚，对方才变成了这个样子。而是一直是这个样子，只是你之前没有认识到而已。

恋爱的时候，慢一点，在长时间的相处中就会明白，没有完美的爱人。爱，不是改变对方，而是一起成长。如果光想着改变对方，那不是生活，那是战争，战争必然带来伤害，甚至是两败俱伤。生活就是包容缺点，绽放优点。爱得慢一点，才能更长久。

黄磊说：恋爱是发现对方的优点，婚姻是接纳对方的缺点。

只有充分地恋爱过，相识过，才能做对这道算术题，全然接受"最坏"的他。结婚之后，就在生活里发现对方的好，每一处好，便都是惊喜。

慢一点，散步般地恋爱，然后悠悠哉哉地结婚。这样才能走到夕阳西下，白发苍苍。

4
他爱不爱你，都藏在这些小事里

都说，人有三样东西是藏不住的——贫穷、咳嗽和爱。

但是阿莫最近却困扰于男朋友到底还爱不爱她这个问题，阿莫告诉我："他追求我的时候对我很好，这几个月却对我不冷不热。我每次跟他聊天，他的回复都很简单甚至有几分敷衍，晚上也经常要去应酬或者跟朋友聚餐，没时间陪我，你说是不是因为他太忙了啊？"

我问道："那他追求你的时候也会这样吗？经常忙到没时间陪你？"

阿莫急忙解释说："不会啊！他追求我的时候总是主动找我聊天，约我下班之后去吃饭，去看电影，去各种好玩的地方玩，基本上我的休息时间都会被他的安排填满……哦，对了，有时候他还会自己做饭给我吃……"阿莫一脸甜蜜地回忆着，似乎

爱你的人对你二十四小时有空,
不爱你的人永远都很忙。

想把他曾经对她的好，倾盆倒出展现在我面前。

我却直接地反问她："可为什么他追你的时候那么有空，现在却总是没时间陪你？"

阿莫若有所思，没有再追问下去。

你看，爱你的人对你二十四小时有空，不爱你的人永远都很忙。爱你的时候，吃饭要跟你聊，洗澡时擦擦手也要回你消息。不爱你的时候，你就算发几十条消息，也像石沉大海得不到回应。

其实你早该知道，他并没有很忙，他只是不在乎你。

如果一个人深知你的软肋和烦恼，却没有关心你，只是一味嫌弃和厌烦，那一定不是爱。

但是很多人都跟阿莫一样，明明感觉到对方不爱自己，却还是为他找借口，试图抱着那么一丝侥幸来说服自己。继续傻傻地付出，就算心力交瘁也咬牙坚持。

但是啊，真心并不能换回真心。

一个人爱不爱你，从吃饭这件再日常不过的小事中就可以看出。

嘉嘉上大学时有几个特别要好的朋友，平时经常会在微信群里聊天，一旦其中有人脱单，就会拉上自己的另一半请大家吃饭。

其实吃饭不是重点，介绍给大家认识才是主要目的。都说当局者迷旁观者清，嘉嘉觉得女生在陷入爱情的时候，往往不够理智，所以，她想趁着饭局，让我们帮忙鉴定她男朋友到底是不是真心爱她。

嘉嘉是江苏人，偏爱甜食，平日里跟我们吃饭一丁点辣都受不了。但嘉嘉男友是四川人，据说是无辣不欢。

轮到嘉嘉男友点菜的时候，他点了嘉嘉最爱吃的那几道菜。

嘉嘉有个忌口，就是不吃葱，但是葱作为配料基本上菜里都会放。

只见他把沾了葱的排骨夹到自己碗里，仔仔细细把葱挑干净了再夹给嘉嘉。

接着又剥了几只虾放在嘉嘉碗里，轻声说："你想吃虾就跟我说，我剥给你，别把你的手弄脏了。"

嘉嘉有些害羞地点了点头，我们一阵唏嘘起哄。

如此细心体贴的照料，着实让在场的女生羡慕不已，男生则自愧不如。

那天大家聊得很尽兴，吃的过程中，嘉嘉男友还一个劲地给她夹菜，说她太瘦了要多吃点——就差上手喂饭了。

各自回家之后，嘉嘉立马在群里发了消息："怎么样？你们觉得他怎么样？"

大壮第一个回复："你确定你不是来虐狗的吗？我觉得我吃的不是饭，是一大碗狗粮！"

阿楠说:"这就是别人家的男朋友吧!下次我把我男朋友也带上,让他好好学学。"

嘉嘉发了一个笑得心满意足的表情包。

在网上看过一段有趣也很有道理的话:"找男朋友有没有钱真的不重要,但一定要找能给你剥栗子、剥螃蟹、剥虾壳、买烤红薯、买糖葫芦、买炸鸡腿、买麻辣烫、买冰激凌、买烤肉串的。"

无法否认,让你多吃点的人很多,会亲手给你夹菜的人却很少,会亲手剥给你吃的人更是少之又少。

如果一个人看到任何好吃的都第一时间想到你,想让你多吃点;并且愿意陪你一起坐下来好好吃一顿饭,也懂得照顾你的口味,而不是一个人自顾自地大快朵颐。那不是爱是什么呢?

记得有次深夜在马路边看到一对情侣。

女生似乎是想做什么而男生不愿陪他,男生嫌女生太任性,两人起了争执闹到要分手的地步。

男生的声音很大,语气里尽是不耐烦,女生赌气背对着男生蹲下,开始小声啜泣着。

男生愣了几秒,然后狠狠地把女生的包往地上一扔,甩头就走。

听到越来越远的脚步声,女生悄悄回头看,哭得更大声试图引起男生的注意，眼神中也盈满了期待，那个男生却没有回头一次。

那时已经是深夜，街上行人很少，因为一时的愤怒，男生就这样把女生扔在马路边不管不顾，作为一个路人都有些看不下去。

令我没想到的是，那个女生捡起包朝男生的方向追了过去，拉着男生的手求原谅。

看得出来，女生很喜欢那个男生。他们也许和好了，但主动道歉的一定是女生。

在爱情里，似乎总有一方处于劣势，充当着妥协的角色。

害怕对方生气，害怕每一次的争吵，害怕对方离开就再也不会回来，因为太过在乎，所以害怕失去，将自己放置在一个卑微的位置，小心翼翼地捧着那个装有你们爱情结晶的玻璃罐子，害怕它打碎。

然而这样的在乎，对于不够爱你的人只会适得其反。他知道你的软肋，知道无论自己怎样过分你都不会离开，犯了错你会原谅，吵架了你会先认错，所以他敢肆意挥霍你对他的爱。

这样的人，不够爱你。他尽情享受着你的付出，却随时都做好了抽身而退的准备。

这件事不禁让我想到我的父母。小情侣之间经常会有小吵小闹，更何况是老夫老妻。父亲和母亲会因为一点小事而争吵，

因为太过在乎,所以害怕失去,
将自己放置在一个卑微的位置,
小心翼翼地捧着那个装有你们爱情结晶的
玻璃罐子,害怕它打碎。

有几次也是在马路上,就连身为旁观者的我都觉得这次争吵是母亲的问题,但是父亲并没有去追究谁对谁错,而是搂着母亲的肩,说:"好了好了,别气了,我们回家吧。"母亲便也没有再吵下去,两人和好如初。同样的场景,不同的处理方式。

一方知道及时让步,一方懂得适可而止。

曾有人说过,爱情中,男女应当轮流扮演追求者的角色,这样两人的关系才会更加平衡。如果一方一味付出,总有一天会心理失衡,感情也就无法长久。

其实,哪怕是再好的婚姻,一辈子也有至少两百次离婚的念头和五十次掐死对方的冲动。

他爱不爱你,就看吵架后他会不会先认错。因为最先认错的人不一定是真错了,他只是很在乎你,害怕你会真的离开。

就像有的人,你只跟他争吵了几句,他会暴跳如雷,凶得像只发了疯的狮子。

而有的人,就算你打了他一巴掌,他也不会生气,反而会问你的手疼不疼。

对一个人的爱,会渗透进生活中的每一件小事。

他爱不爱你,就看他愿不愿意为你付出时间和精力。

他爱不爱你,就看他怎么跟你吃饭。

他爱不爱你,就看他争吵后的态度。

他爱不爱你，不要看他对你说过什么，而要看他为你做过什么。

毕竟感情不是说说而已，我们早已过了耳听爱情的年纪。

5
婚姻里的爱情：
不急不躁过日子，过好一辈子

有人说，女人喜欢偶像剧。是因为向往刻骨铭心、轰轰烈烈的爱情。但其实，女人在心底里更加向往的是，细水长流温暖细腻的爱情，当然还有一个安稳的家。

男人其实和女人一样，也想有一个温暖的家，和一家人过着温馨的日子。陪着爱人慢慢变老，陪着孩子慢慢长大。

很多婚姻输给了"七年之痒"，输给了柴米油盐，输给了争吵冷战。于是，人得出来一个结论：婚姻是爱情的坟墓。

其实，在婚姻里的爱情应该是：我和你在一起，慢悠悠地，过着小日子。我们不急不躁，你为我添一杯新茶，我为你煮一碗羹汤。彼此珍惜，冷暖相依。如此，一辈子。

堂姐和她老公结婚才两年,就开始闹离婚。闹得两边的家人都跟着操心。

奶奶打电话把堂姐和我叫到家里,给我们包饺子吃。堂姐是跟着奶奶长大的,最爱吃奶奶包的饺子。

奶奶一边包饺子,一边说:"包饺子就跟过日子一个样,不能急,捏得太着急了,容易破,煮到锅里,就是皮馅一团糟。"

表姐知道奶奶的用心,就静静地听着。

奶奶说:"我跟你爷爷见面没几次就结婚了。老辈子的人不兴离婚,虽然也是又打又吵,但不管怎么吵怎么闹,彼此都知道:身边这个人一辈子都不会换的。那个时候,每一天都过得很安心。这世上的人这么多,两个人能走到一起真的不容易,要彼此珍惜。"

奶奶说着,不觉红了眼眶,我知道,她一定是想念爷爷了。

奶奶和爷爷十七岁就结婚了,他们在一起生活了六十年。

爷爷年轻的时候,脾气很急,经常对着奶奶大吼,但是等他气消了,又会偷偷地给奶奶赔不是。

一次,爷爷在地里干完活,正要回家时,在田埂下拾了一个苹果,他兴奋地塞进了自己的怀里,跑回家拿给奶奶吃。

奶奶看见苹果被咬了一口,就笑着问爷爷:"这是怎么回事呀?"爷爷挠挠头说:"我怕苹果有毒,你吃了拉肚子,我就先咬了一口试试。没毒,你快吃了吧。"

那个时候穷,什么也吃不上。看见什么吃的都稀罕,都会嘴馋。但爷爷还是把苹果留给了奶奶吃。奶奶把苹果切开，一人吃了一半。她对爷爷说："这辈子，咱们福和苦，一起吃。"

后来，奶奶给爷爷生了五个孩子，有三个孩子都生在了夏天，真是受尽了苦。爷爷心疼奶奶，每一次都尽心尽力地照顾她。

直到五年前，爷爷去世前，嘴里仍含含糊糊地嘟囔着："我放心不下你啊，你要好好的，要好好的。"奶奶在爷爷的病床前，强忍着泪水，说："老头子，你安心去吧。我一个人会好好过完剩下的日子。"

可奶奶一个人吃饭的时候，还是会盯着爷爷的照片叨念着："你不在了，我又该如何好好过完剩下的日子啊……"

他们在一起生活的那六十年，也吵过也闹过，但从没想分开过。那时候的爱情，在婚姻里发芽生长，开花结果，一晃，就是一辈子。

听奶奶讲完他们的故事，堂姐给她老公打了个电话。她说："奶奶叫你来吃饺子。"姐夫一听，就赶紧开车过来了。

其实，堂姐和姐夫之间也没有什么大的矛盾。只是，我们年轻的时候，似乎都不懂，这辈子遇见一个人，并跟他走入婚姻，是多么地不容易。

一辈子说长不长，说短不短。人这一辈子不就是想找个知冷知热的人，相互依靠，相互珍惜，平平淡淡地走到白头吗？

那时候的爱情,在婚姻里发芽生长,开花结果,一晃,就是一辈子。

几年前，馒头拎着一个水桶，桶里装着几个衣服架子和一个二十寸的电风扇从老家出来打工。他在工厂里给人组装零件，住不好吃不好，一个月能挣三千多块钱，但馒头总是乐呵呵的，逢人就说："我得赶紧挣钱攒钱，回家跟我媳妇过小日子！"

我认识馒头，是在一个周末，离我家不远的地铁站。我看见他时，他正蹲在出口卖鞋垫。他憨憨地问我："你要鞋垫吗？"我说："不要，谢谢。"馒头执着地说："拿一副吧，我媳妇一针一线逢的，好穿得很！"我回过头，买了三双。就这样，我认识了这个胖乎乎的男人。

有一次跟馒头一起喝酒，喝到大醉的时候，馒头抹着眼泪说："我想我媳妇啊，她最喜欢吃我做的锅包肉。都很久没有做给她吃了。她还爱吃杧果，可是太贵都舍不得买。我媳妇跟着我真是不容易，吃了很多的苦，当初就为了我那一句话，就傻乎乎地跟了我。"

我好奇地问："你说了什么话？"

馒头说："我跟我媳妇说'我想跟你过日子，一辈子'。"

听到这句话的时候，我都有些感动。"我想和你过日子"，比起"我想与你谈恋爱""我想与你结婚"这些话都更有分量，更能碰触一个女人柔软的内心。

后来，馒头挣了一些钱，就回老家了。他跟我说："我不能让我媳妇等太久，人这辈子就这么短，日子过一天少一天，耽误不得。"他走的时候,还拎着那个水桶,桶里装着几斤柠果和一些他从没吃过的零食。

去年,我刚好出差去馒头所在的城市,就尝试着联系了他。我本想只是打个电话问候一下,结果馒头却跑到了城里接我,非要我去他家住上一天。

馒头自豪地说:"我媳妇做的饭特别好吃,你一定要尝一尝才行。"我问:"你媳妇经常做饭吗?"馒头挠挠头说:"我只要有空就会做饭,我在县城里开了一家小店,太忙的时候,就只能委屈我媳妇做了。"

见到馒头媳妇的时候,我有点惊讶。她和我想象中不一样。我原以为,她应该像大多数的农村媳妇一样,穿着朴实,性格腼腆拘谨,可真实的馒头媳妇却是个活泼可爱的俏媳妇,在外表上与馒头不是很相配。

馒头媳妇很能干,没多会儿,就做好了一桌子的菜。吃饭的时候,她说:"听馒头说,在城里的时候你很关照他,谢谢你呀!"

馒头嘿嘿笑,说:"我媳妇好看吧?人也好,是我见过最好的女人。"馒头媳妇有点羞红了脸,就赶紧照顾旁边的孩子吃饭。

他们的孩子五岁多了,是个很懂事的小男孩。一个在爱里长大的孩子,心里一定也是阳光明媚的。

那天,我问馒头:"你相信,幸福会持续一辈子吗?"

馒头憨憨地说:"一辈子到底有多长,谁也不知道。我只知道,我现在很幸福,每一天都很幸福。我会努力把我能给的最好的,都给他们。这辈子,就爱这一个女人,一起养孩子,过日子。这就是我能想到的,最好的生活。"

他的回答,让我觉得很温暖很踏实,那一刻,我竟有点羡慕他。

他们的生活虽然不富裕,但过得很幸福。馒头给媳妇做锅包肉,买枇果吃;他媳妇洗衣做家务照顾孩子。两个人一起努力,过着小日子,一天一天的,就是一辈子。

婚姻到底是怎么一回事呢?很多人结婚很多年之后,也仍是不明白。

这个世界上的爱情有很多种,婚姻也有很多种模样。都说,幸福的样子都一个样,而不幸才是各有各的不幸。但其实,婚姻不是不幸的枷锁,它是幸福的盒子。就看我们用什么方式打开这个盒子,又往里面装了些什么。

有人说,如果不打算跟一个女人结婚,请不要爱她。如果不打算跟一个女人长长久久地过日子,请不要与她结婚。既然爱了,就要爱得长久,爱得心安,把彼此放在心里,知冷知热,相互分担,相互体谅,相互珍惜。

作家三毛说过:"爱情如果不落到穿衣、吃饭、睡觉、数钱这些实实在在的生活中去，是不会长久的。真正的爱情，就是不紧张，就是可以在他面前无所顾忌地打嗝、放屁、挖耳朵、流鼻涕；真正爱你的人，就是那个你可以不洗脸、不梳头、不化妆见到的人。"

最美好的婚姻，就是因爱走到了一起的两个人，组成一个家，然后在这个家里继续相爱。在漫长的岁月里，留下爱的痕迹。爱一人过一生。不求轰轰烈烈，但求平平淡淡，一起柴米油盐安安稳稳地过日子。

不管是男人还是女人，想要的无非就是一个心里装着自己的人，一个陪伴在自己身边，一起过日子的人。当爱情不再那般浓烈时，仍然可以在生活里，温暖相依。即使柴米油盐，我也爱你如初。四季，三餐，两人，一辈子。这才是婚姻最美好的样子。

Chapter
2

往日留言簿

在时光里流浪，
与那些忘不了、放不下、
舍不得的往事不期而遇。

1
雾霾笼罩不住32度暖

1

陆星辰十四岁时,额头和两颊两侧就如雨后春笋般,冒出了好多的青春痘。

不过,已经在生理课上学习过相关知识的他并不是很担心。他知道,这只不过是青春期内分泌旺盛所致,况且,长了青春痘才能证明自己真正长大了呀。

为了贯彻自己所信奉的"伤疤是男子汉的荣誉勋章"这一人生金句,每当有新的痘痘冒出来时,他就"英勇无比"地用手去挤掉,任凭脸上鲜血淋漓,然后留下触目惊心的痤疮疤痕。

看着儿子原本光洁的脸蛋逐渐变成"月球表面",陆妈妈三番五次让陆星辰跟她去医院看医生。怎奈儿子死活不肯——他小时候经常生病,打针输液有了心理阴影,更是闻不得一丝医院消毒水的味道。于是,陆妈妈只好退而求其次,死拉硬拽着,将陆星辰扭进了小区楼下开张不久的美容院。

原本还嚷嚷着"老妈,我不要来美容,我是个男的!"的陆星辰,在看到邻床上躺着的许莜莜时,忽然就安静了下来,任由美容医师引导他在治疗床上躺好。

陆星辰是认识许莜莜的,平日总有无聊的男生对年级里的女生评头论足。大家一致觉得:其实许莜莜长得挺漂亮,如果不是那满脸青春痘的话。

2

这是许莜莜第二次来美容院,没想到竟然碰到了邻班的陆星辰。原本还安静地躺在治疗床上的许莜莜,脸一下子红了,当医师给她用金属针挑破额头的脓包时,她自己也不知道,是羞的疼的还是急的,浑身感觉不自在。

陆星辰看着许莜莜紧紧地攥着拳头,紧咬嘴唇,额头渗出了一层细密的汗珠,医师手里的金属针挑一下,她的身体就下意识地痉挛一下。

陆星辰的心中突然就涌起了一阵冲动，他伸出手，将许莜莜攥得紧紧的拳头用力握在了自己的掌心。许莜莜忽地睁开眼，扭头诧异地盯着陆星辰，眼睛里写满了疑问。陆星辰碰触到许莜莜眼神的瞬间，心底就荡起了涟漪，好在他很快就平静下来，向许莜莜点点头，回以打气的微笑。这真挚的笑容就像强心剂，让处于崩溃边缘的许莜莜一下恢复了活力。

就这样，陆星辰和许莜莜自然而然地熟络起来，一起接受治疗的时候，为了减轻疼痛感，他们就聊自己的童年趣事来分散对方的注意力。

3

暑假过后就是紧张的初三了。许莜莜的生日在秋天，然而，一句"生日快乐"对她来说也是奢侈——自从妈妈去世后，许莜莜的生日就再也没被别人提及。

在许莜莜生日的那天早晨，陆星辰在学校晨读区的松树下拦住了许莜莜，从手里拎的大包装袋里拿出一大束鲜花——啊！那不是鲜花，凑近去看，原来是用许多毛茸茸的卡通公仔扎成的"花束"。陆星辰说："许莜莜，祝你生日快乐！"狭长的眼睛里闪烁着明亮的光。

许莜莜被吓坏了，她都不知道陆星辰是怎么知道自己生日

许莜莜的生日在秋天,
然而一句"生日快乐",
对她来说也是奢侈——
自从妈妈去世后,
许莜莜的生日就再也没被别人提及。

的，况且现在是在晨读，到处都是同学。一刹那，许莜莜的脸到脖子根全红了，心里仿佛揣了只活蹦乱跳的兔子，随时都有可能蹦出来。

看到教导主任正往这边走来，许莜莜吓得急忙将"花束"一把塞进陆星辰的怀里，说了句"我先去上自习"就急匆匆地跑开了。

上课的时候，许莜莜明显地感觉到班里的女生看自己的眼神有些奇怪。课间休息，她从洗手间回来经过教室窗户时，听到窗户里面女生的私语：

"听说了吗，邻班的陆星辰给咱班许莜莜送花了。"

"哼，有什么了不起的，不就学习成绩好点吗，你以为陆星辰会喜欢她？她满脸痘痘……"

窗外的许莜莜惊呆了，她从没想到青春期女孩子的嫉妒竟然可以瞬间转变为恶毒，难道是因为陆星辰？一想起他，许莜莜的心就猛地一沉。

下午放学后，陆星辰推着单车，斜背着挎包，一路尾随许莜莜回家。到了街口处的大柳树下，许莜莜忍不住回过头去，陆星辰手里捧着要送她的生日礼物，固执而倔强地盯着她。

她突然就不知道该说什么了，低首，怯生生地说："你还是快点回家吧，这么珍贵的礼物我真的不能要。"

陆星辰皱着眉头，疑惑地问："为什么？我好不容易在美容院的登记手册上看到你的生日。"

　　这时清脆的高跟鞋敲击在石子路上的声音从后方传来，异常清晰。是许莜莜的继母。她下班回来，就看到自己的女儿跟男生在路边拉拉扯扯，心头涌上异样的愤怒。她在嫁给许莜莜父亲后，对丈夫前妻留下的孩子尽管颇有微词，却没有做什么过分的事，相反，她对许莜莜的关心几乎是无微不至，甚至勒令许莜莜拿着她的会员卡去美容院治疗青春痘。

　　她并不是有多么爱许莜莜，只是因为好面子，不想让许莜莜丢自己的脸，不想让自己在街坊邻居的议论里是一个恶毒、坏心肠的继母。

　　她在匆匆侧身而过时，冲许莜莜和陆星辰重重地"哼"了一声。这一声，如同重锤般擂在许莜莜的胸口，震得她生疼。一直以来，许莜莜总是不能很好地处理自己与继母的关系，她明明对自己没有苛责、打骂、驱使，可是在许莜莜看来，自己还不如那些有一个恶毒继母的孩子过得快乐。那种道不清的压抑感，让许莜莜喘不过气……下意识地，许莜莜就去追继母，想向她解释。跑出两三步，她又停住，然后转身对陆星辰说："对不起！"说完就飞奔而去。

窗外的许莜莜惊呆了,
她从没想到青春期女孩子的嫉妒
竟然可以瞬间转变为恶毒。

4

那天以后,陆星辰再也没有机会和许莜莜有过交集,中考前的生活充实而残酷。

考完试,陆星辰花尽心思才打听到许莜莜要报考的高中,几乎是毫不犹豫地,他和许莜莜填报了同一所学校。公布录取结果的那天,陆星辰才知道自己被许莜莜填报的学校录取了,但许莜莜却被她继母安排去国外读书。

许莜莜走的那天,继母和父亲去送她,而陆星辰却只能躲在候机厅的角落,远远地望着许莜莜的背影说再见。其实许莜莜看到了陆星辰,只是她没有回头,她怕一回头,自己就忍不住会哭。当飞机直入云霄时,巨大的失落感填满了胸腔,许莜莜的泪才汹涌而下。

国外高中的生活是真正的宁静,许莜莜变得更孤独,更自卑。

那个周末,宿舍的同学都上街了,只有她一人。听到宿舍电话铃响,许莜莜急匆匆地跑去接电话,然后就听到了陆星辰的声音:"我是托老师在你妈妈那里问到你的电话的,你还好吗?"

许莜莜捂着嘴,尽量不让自己发出哽咽的声音。

5

　　此后,陆星辰给许莜莜的国际长途,至少一月一次。

　　最后一次接陆星辰的电话,是在那个夏末。陆星辰在电话里聊了许多学习上的事,还向许莜莜请教国外先进的教学方式。他在电话里羡慕地说:"许莜莜,等你假期毕业回国了,可一定要辅导我功课哦!"

　　许莜莜没说话,可眼睛里却泛起了温暖的潮湿。陆星辰又说:"今天我在街上看见一个长满青春痘的女孩,满脸疤痕,差点吓死我,幸亏我们那会儿在美容院里将青春痘治好了,要不然变成她那样,我宁愿去死……"

　　"啪"的一声挂断电话,许莜莜泪水沿着脸颊流了下来。

　　从此后,许莜莜就再也不接陆星辰的电话了。别人接起来,也会帮许莜莜撒谎说她不在。再后来,来电显示上陆星辰的号码就再没亮起过。

　　原来,这个世界上真的没有亘古不变的誓言,即使是男子汉响当当的承诺,也会因为时间的变迁而逐渐变得不再那么掷地有声。

　　其实,许莜莜一直不敢直视陆星辰的关怀,除了懦弱和自卑外,她还有一个不得不在意的理由。

　　初遇陆星辰的那个夏天,在美容院治疗青春痘时,许莜莜的皮肤过敏,留下了满脸的疤痕。继母之所以会尽心给她办理出国留学,就是担心人言可畏,怕别人说是自己狠心地将丈夫前妻所生的女儿给毁容了。

回头去看,原本年少时那么纯粹清澈的美好,却被流言、懦弱、胆怯、敏感、不自信这些青春期独有的阴霾尘埃所笼罩。但许莜莜终将会记得,在自己逝去的青春岁月里,有一个美好的少年,他将她的拳头,握在了他32度的掌心里,从此温暖了她以后的生命。

(荆纯)

2

最远的恋人

    方衍念的是一所211重点大学的王牌专业,同班同学也基本上都在北上广这种大城市发展。令人跌破眼镜的是,方衍一毕业却毫不犹豫地回到了家乡定居。

    那是个小县城,虽然近年来因为开发出温泉,在周边有了些小小的名气,但配套设施还是远远跟不上,没什么大企业,自然也没相匹配的岗位。方衍最后找了份和专业扯不上半分关系的文职工作,月薪两千来块钱,简直就成了同学群中就业失败的最佳范本。

    方衍对此却毫不在意,严格来说,他对自己的生活满意得很。小县城有小县城的好:交通便利,一趟环线公交,四十五分钟能把整个城绕上一圈;空气清新,早上拉开窗帘,竟然能在阳台上看到悠闲散步的云雀;最重要的,这里房价便宜,父母拿出三十万,一套临湖的三居室房子就属于方衍了。想想北上广那些同学,这还不够付个首付吧?折腾来折腾去,何必呢。

少折腾和省麻烦是方衍父母的人生座右铭。方衍自小耳濡目染,对此也深以为然。就连谈恋爱,他和父母的观点也很一致:找个本地的,以后照顾双方家里都方便。但毕竟方衍毕业于名牌大学,自小顺风顺水,眼光便也有些高,能符合条件又看对眼的,实在是少,转眼就到二十七岁了。这在县城来说,已经是不妙的单身年龄,方衍终于也开始有些着急。

趁着五一的三天假期,方衍决定出门散散心。秉承一贯省麻烦的原则,他选了离家五个小时火车车程的省会城市。因为在这里念的大学,相对要熟悉很多。然而一下火车,方衍才发现,四年中,城市已经发生了翻天覆地的变化。地铁线路开通了,市中心又添了几个大型商业CBD(中央商务区),原来人迹寥寥的郊区,也建起了大片大片的独栋小别墅。

方衍到几个念书时常去的地方逛了逛,走得有些累,看见路边有家麦当劳,便推门走了进去。时值假日,店里人满为患。方衍点好餐,来回走了几遍,才发现一个空位都没有,正发愁呢,突然身侧传来一个悦耳的声音:"那个,你不介意的话,就坐这儿吧。"

方衍惊讶地回头,发现叫自己的是个陌生女孩。二十四五岁的样子,穿着缀满樱花的粉色雪纺连衣裙,细软的乌发上别着一枚蕾丝蝴蝶发卡，靠窗坐着，对面空着个座位。他忙感激地道谢，坐下来咬了口汉堡，才注意到女孩面前餐盘里的食物着实不少，不像是一人份的。

注意到方衍诧异的眼神，女孩笑了："本来约了人，已经提前走了。"方衍被窥破心事，脸上微微一红，忙胡乱地点点头，岔开话题："人可真多啊。"

女孩点点头："难得有个小假期，正好又赶上那个水上博物馆第一天开业，很多人都是冲着这个来的。"方衍一愣："水上博物馆？"这才知道那个从自己还在念大二时就开始筹建的内陆第一水上博物馆，终于建好了，据说里面将展出数千种珍稀水上动植物。方衍一直对这个很有兴趣，发现女孩似乎很是了解，顿时兴致勃勃地听对方讲解起来，末了才想起问："你怎么会懂这么多？"

"我的专业和这个相关。"女孩笑着回答，不经意往外瞥了一眼，小声地惊呼，"天啊，这么晚了。"方衍这才发现两人聊得太投机，竟然已经不知不觉过去了两个多钟头，忙站起来准备道别，又由衷地赞了一句："和你聊天真高兴，我都迫不及待想去看看那个博物馆了。"

女孩的眼睛也闪闪发亮："很少碰见对这些感兴趣的人呢。可惜我赶时间，要不可以一起去博物馆的。"方衍心中一跳，不由自主就吐出一句："那方便留个电话吗？以后有机会的话，再一起去。"他说出这句话后心中便犹豫起来，一面埋怨自己的冒失，一面却又似乎有着暗暗的期待。女孩稍稍一怔，却是立刻

他说出这句话后心中便犹豫起来，
一面埋怨自己的冒失，
一面却又似乎有着暗暗的期待。

笑着答应:"好啊,希望有这个机会。"

次日,方衍一个人去逛了水上博物馆,因为头天已经知道了许多相关的信息,所以逛起来更加有滋有味。可是想起那个叫作路雨的女孩,心里竟然有些遗憾的空落:要是一起来,更有意思吧?他摇摇头,把这个念头从脑海里赶出去,又忍不住自嘲起来:这莫名其妙的冲动是怎么回事?可不是十几岁的小毛孩了啊。

然而令方衍意外和苦恼的是,这种感觉不但没有如自己所想的那样,昙花一现便消失,却像六月天猝不及防的雨,总在某个时间点突然冒出来。即便回到老家已经半个月,路雨的影子还是时不时地出现在脑海里。

这天是周五,吃过晚饭后方衍正躺在沙发上看电视,接到远房表姐电话:"方衍,上次请帖发漏了,明天我结婚呢,来吃个饭?"按照平时方衍的个性,是绝对懒得为这种事在周末坐五个小时的火车到省城的,但突然想到一个名字,方衍猛地坐直了身子,鬼使神差地答:"好啊。"

挂上电话后,他试探着给路雨发了条短信,说是想约她明天去博物馆,问有空没。忐忑不安地等了半个钟头,路雨的短信回过来:"好啊,有空。"后面跟着一个大大的笑脸符号。

方衍顿时觉得,整颗心都有些飘飘然了。

第二天的约会比方衍想象中更加愉快。路雨大方爽朗,丝毫不矫揉造作，知识面也广，最重要的是和方衍志趣相投，两人很聊得来。一下午水上博物馆走完，双方竟都有了丝已认识许久的知交感觉。在馆门口告别时，路雨犹豫了下，深深吸一口气，终于还是开口说道："那个，方便的话，有机会再一起来？"

方衍心中一怔，他已经从聊天中知道，路雨的工作是公务员，这样的职业，大概就意味着一辈子在一个地方了。他不是没有对路雨动过心，可就目前的情况来看，两人难以调和，所以他刚刚一直在暗暗告诫自己：不适合的……然而等到女孩真的站在自己面前，脸色微红地亲口邀约，鬼使神差地，方衍听见自己回答："好啊。"

方衍回到家中后，开始和路雨保持着短信来往。慢慢地，晚上也会打个电话，奇怪的是两人总能说到一块，常常是聊到手机没电，才惊觉已经很晚了。自从大学毕业时和前女友分手后，方衍已经好几年没有这种听见电话铃声，就心跳加速精神一振的感觉了。他明白，自己是真正爱上路雨了。而从路雨的反应看来，似乎也和自己是一样的心情。

这个发现让方衍陷入深深的矛盾之中。有天说起第一次的见面，路雨在电话那边笑了："其实我那天是去相亲的。可对方和我不在一个城市，他说不能接受。难道这真的是一段感情应该首先考虑的事吗？"

"当然啊。"方衍下意识脱口而出，听到电话那头突然的沉默,他有些讪讪地继续说,"现实问题是很重要的。你看你的工作是稳定的,他的事业如果在别的城市已经打拼下一定的基础,便很难放弃掉原有的生活方式,再一切从头开始。"

这次的对话结束得有些匆忙,方衍感觉到路雨的情绪明显有些低落,似乎对这个问题很排斥。其实他自己何尝又不是正处在尴尬的现状。

第一次和路雨聊天时,不知道出于什么心理,也许是潜意识担心她对来自小县城的自己有轻视,又或者是想为下次的见面找个机会,他撒了个小谎,说自己就是省城人。而现在,随着两人的感情越来越暧昧,这谎言就像一根深深扎进心脏的针,看起来刺眼无比,想拔出来,却不敢想后果会是怎样。

次日又是周末,方衍凌晨六点就起床赶火车,十二点才能出现在和路雨约好的饭店。转眼两人已经认识了一月有余,每次周末都会约着见一面。这对于一对发展中的恋人,次数当然不多,可方衍有苦难言,就这样,已经让他疲惫得很了。他一边享受着和路雨在一起的美妙时光,一边在心里交战着,是不是快刀斩乱麻地了断这件事。

突然,路雨回过头来,看着他的眼睛说道:"方衍,下周我有事情和你说。"

她耳后因为紧张而泛起的那点绯红,立刻又瓦解了方衍好不容易凝聚起来的一点决心。

方衍刚一回到家中,母亲便满脸喜色地迎上来:"方衍,这次找到个合适的了。"说着递过来一张女孩的照片，又滔滔不绝地将对方的条件数了一番，越数越高兴，"你看是不是和你挺合适？家里也就住东街，坐二十分钟的公交车就到了。"

原来又是相亲啊。方衍这才明白过来，脑中猛地跳过的，却是路雨的一颦一笑。母亲看出他的心不在焉，上下打量一番，狐疑起来："你这几个星期都干什么去了，说是见同学，我怎么不知道你有关系这么铁的同学？还是，有女朋友了？"

方衍脸上一热，连忙否认，可本来就底气不足，母亲把细枝末节一回忆，各种疑点呼之欲出："天啊，难道你找了个外地女朋友？！"

事情到这份上，纸也包不住火了。方衍只好咬咬牙，一五一十和盘托出，果然，意料之中遭来母亲的激烈反对，闻讯而来的父亲也加入战线。一时间方衍整个脑海里都嗡嗡回想着"怎么可能""未来怎么办""你到省城做什么""专业也丢得一干二净""房子首付都不够"等让人焦头烂额的回音。最后还是父亲的一句"年轻人谁没个冲动呢，不过你是个明白事理的孩子，自己想想吧"，才把方衍从大轰炸中解救出来。

他垂头丧气地回到房间，点了支烟躺在床上，慢慢回想父母说起的那些理由。其实他自己何尝不知道呢，也想过一遍又一遍，只是自己从来没有遇到过像路雨一样让自己动心的女孩，才一次次地玩着这个美丽的游戏。

是的，游戏，他早知道，理智的自己，一定会从这段感情

他一边享受着和路雨在一起的美妙时光,
一边在心里交战着,
是不是快刀斩乱麻地了断这件事。

中抽身而退。既然早已预知结局，那长痛不如短痛吧，趁陷得还不深……方衍这样想着，叹了口气沉沉睡去，第一次没有在晚上和路雨煲电话粥。

接下来的几天，方衍也都适当减少了和路雨的交流。一番仔细思索之后，他终于下定决心：周末就把真相和路雨说出来，然后……就结束吧。

周六那日是鲜见的好天气，天空蓝得让人有想裁一片裹在身上的冲动。方衍推开咖啡馆的门，路雨抬起头来，今天她穿了条墨绿色的长裙，衬得肌肤愈加晶莹如雪，发丝也精致得一丝不苟。方衍突然想起，每次约会，都是路雨先优雅地等在那里，她如何知道，赴约而来的这个人，刚刚在火车上站了五个小时，又风尘仆仆地打车，那么狼狈呢？这段感情，确实从一开始就不公平，也许，根本就不应该开始。

"我有话跟你说。"两人齐刷刷脱口而出，然后都一愣。

路雨先回过神来，笑了笑："那你先说吧。"

方衍深吸了一口气："路雨，这可能是我们最后一次见面了。"他不敢去看女孩瞬间僵住的脸，眼睛紧紧地盯住面前的杯子："是我的错。其实，我骗了你，我的家不在省城，而在一个小县城，这名字你都没听过吧？很小的地方。我在那里待了四年，习惯了那里缓慢的节奏，低房价和低生活成本，不会占据生活多少比重的工作，我，不可能离开它……"

路雨一直怔怔地看着他，眼睛亮得惊人，里面除了不敢置信和茫然，似乎还有那么一点说不出道不明的意味。她微微张嘴，正要开口，手机突然响起来。她往拐角处的安静角落里走去："我先接个电话。"又望着方衍的眼睛，"等我回来，我有话跟你说。"

方衍看着那个背影，心里七上八下，他觉得自己甚至根本没有勇气，再面对路雨的失望或者指责。

他一咬牙，几乎是夺门而逃了。

方衍坐在火车上，一动不动地看着手机屏幕上不断闪烁的"路雨"二字，有很多次，他几乎想不管不顾地在下一站下车，重新折回去拉起女孩的手。他知道，一生之中，自己可能再也遇不上这么喜欢的人了。然而喜欢这个词，像美丽的肥皂泡，太阳下五彩晶莹，可抵挡得住现实的风吹雨打吗？

最终，方衍只是痛苦地闭上眼，关机，卸下电池，抽出手机卡，在火车开动前一刻，猛地把手机卡扔下了月台。他选择亲手埋葬自己的爱情。

既然爱情已经死去，那和谁在一起，都是一样的，重要的是适合。方衍去见了母亲说起的那个女孩，果然，性格、容貌、家世都与方衍一拍即合，于是他们开始约会，变天时彼此发个短信关心一下，开始所有恋人都会走一遍的过场。方衍果然再没找到过和路雨一起时那种心跳加快的感觉。然而，走在家乡熟悉的街道上，他觉得无比安全。

半年后,方衍决定结婚。走进民政局的登记室,他敲敲桌子,女工作人员抬起头来,脸色顿时煞白。

"路……路雨?"方衍不敢置信,"你为什么会在这里?"

路雨的目光从方衍与未婚妻交握的手上收回来,渐渐恢复平静,轻轻地笑了:"我,一直在这里工作。跟你说过的吧,我是公务员。"

"可……可你没说是在这里……"

"你也没问啊。原来你一直以为我在省城上班啊。"

方衍无力地后退一步,突然觉得命运跟自己开了一个最大的玩笑。原来,坐着火车风尘仆仆去约会的,从来不是他一个人。

"我那天,本来是要告诉你的。我以为你是省城人,又想找个本地女孩,想告诉你,我其实可以到省城,重新找工作的。没想到,你先说了,你不知道我听到你是这个县城的人时,有多激动,可是……"路雨凄然一笑,缓缓地从抽屉中取出公章。

方衍怔怔地看着拉开的抽屉一角,里面是几张摊得平平整整的车票。那趟车他很熟悉,比自己经常坐的,早一个钟头。他嫌早起不来,所以每次去见路雨,都选择了下一趟。

鲜红色的公章"咚"一声敲在方衍的结婚证上,好像也把他的心敲了个大大的口子。他张了张嘴,却什么也说不出来。

(卫妆)

3
迟到的桃花

二十岁的林小乐在C市一所传媒学院念大三。暑期实习，她得到了《地铁周刊》的面试通知。

面试那天，她特意穿了件胸前印着地铁图案的手绘T恤。T恤上绘的是新开通的2号线地铁，这条地铁因为其粉红主色调和车厢内系列卡通元素，很是引人注目。

林小乐没想到，事情就坏在这件T恤上。

装着T恤的包裹是早上才收到的。因为赶时间，林小乐匆匆扫了一眼便套上了身，因此她确实没注意到，衣服上的车厢颜色是玫红，而不是粉红；连接门侧的吉祥物图案张冠李戴成了另一条线路的。车头的灯并非其特色图形……这在面试她的主编看来都是原则性大错——"作为一个最需要严谨、细致的职业，你对这些都缺乏敏锐度，我怎么能放心把工作交给你？"

林小乐就这样失去了这次实习机会。怒火中烧之下，她回到宿舍第一件事就是打开淘宝，狠狠给了手绘T恤店一个差评。

很快，林小乐的阿里旺旺对话框就被一个叫作"沈煊"的ID刷屏了。但沈煊输入的都是表示歉意的话，也没提叫林小乐修改差评的事，只说这次下单时间太急，过两天他重新绘一件寄过来，免费。这倒让林小乐不好意思起来，回话说不用麻烦了，想了想还是传了几张自己随手拍的2号线地铁照片过去，说道："不过做实物手绘的话，细节还是很重要的。你这个一看就是没有素材，随手画的。"

沈煊先是大大称赞了一番这几张照片的拍摄手法，在知道摄影师是林小乐后，更是激动地说："你有没有兴趣给我拍素材？我想做一批关于城市的手绘T恤。"

林小乐简直是下意识就答了一声"好"。同学院的人都知道，林小乐是个不折不扣的摄影迷。

她吃得简单穿得朴素，省下来的生活费用来买单反相机，平常只要一有空，就扛着相机大街小巷地钻。

几年下来，照片拍了无数，大小赛事也参加了许多，可惜全是泥牛入海。连林小乐自己都开始怀疑，她是否在这上面毫无天赋？沈煊的力赞，简直像给她打了一针强心剂，于是一口答应下来。

市里一个百年游乐场正要拆迁，林小乐赶去拍了那栋民国风格的建筑，有些忐忑地发给了沈煊。没两天，她果然在沈煊

她的心口跳了一下,
那种陌生的甜蜜情绪,
大概就叫喜欢吧。

的淘宝店里看到了绘着这个图案的T恤。上架才半天,两件T恤就被人拍下。一直悄悄盯着动态的林小乐松了口气,上线恭喜沈煊。沈煊发过来个笑脸:"多亏你拍得好!"

就这样,他们开始了合作。林小乐拍照片很有自己的风格,沈煊画技极高,想法也是天马行空,林小乐提供的照片素材经他一加工,吸引力更是倍增。

两人熟悉后,林小乐才知道,沈煊居然和她同岁,却没有上大学,算是早早踏上了创业之路。林小乐跟他开玩笑:"创业不都是一个人要当十个人用吗?你怎么还舍得花钱请个拍照的?"

沈煊也笑:"因为我比较喜欢你的眼睛啊,可以看到我看不到的那些东西。"

喜欢。明明那么长的一句话,林小乐偏偏一眼就看见了那两个字。她的心口跳了一下,那种陌生的甜蜜情绪,大概就叫喜欢吧。

周五晚上,同宿舍在都市报实习的女生,拿回来几张艺术馆的票。林小乐看了下,有一位沈煊非常喜欢的法国画家的画展,这在国内还是首站。

她犹豫了许久,终于还是鼓起勇气给沈煊打了个电话。尽量装作随口一问的样子,问沈煊有没有兴趣。沈煊似乎迟疑了一下,最后还是答应了。

约会这天林小乐特意翻出条压箱底的红色裙子,头发精心吹卷,甚至还化了个淡妆,提前半个钟头就到了艺术馆门口。

面前每走过一个人，林小乐的心就要悄悄跳一下，直到一个身材修长的男生微笑着走过来："林小乐吧？你好，我是沈煊。"

沈煊长得很帅，现实中的他和网上一样谦逊温柔，会主动帮林小乐拎包，拉椅子，适时递上纸巾。每一幅画他都认真去看，并不时低声跟林小乐讨论，足足在艺术馆待了三个半钟头。

出门时正是晚饭时间，林小乐却拒绝了沈煊请吃饭的邀约，只淡淡笑了笑："不好意思，耽误你的时间了。沈煊他……不必这样的。"男生一愣，笑得有点发僵："啊？"

林小乐叹口气，看了看男生的手："哪个画画的人会留这么长的指甲呢。而且……我听过沈煊的声音的。你们虽然有点儿像，但到鼻音时却差别明显。"

林小乐终于明白，原来沈煊，是不喜欢她的。要不怎么会连见一面，都要找别人来敷衍。只是与生俱来的温柔，让他连拒绝也不会。

沈煊当晚就发了条短信过来："对不起。"林小乐打了许多字，又一个个删掉，最后调皮地回了句："没关系，反正我还是看了个帅哥，也不亏。"这事就当作玩笑晃过去了。接下来的日子，两人仍然一个拍一个画，合作得天衣无缝。

转眼半年过去，林小乐毕业在即。同学们都跑人才市场跑得满头汗时，她却突然收到上海一家旅游杂志的邀请。原来是她给沈煊拍的系列片子中，投出去的一部分获得了其摄影总监的青睐。这家旅游杂志在全国类型杂志中是佼佼者，开出的待遇也很不错。林小乐却犹豫了两天，最后还是问起沈煊："你觉得我该去吗?"

沈煊那边静了五分钟,回过来的却只有一句:"大摄影家,以后我用不起你的片子啦。"

这就是间接的回答了。他不留林小乐。林小乐想过,只要他说别去,她一定毫不犹豫地答应。可是沈煊,他从来就没有想过要她留下。林小乐知道自己应该死心,她答应了那家旅游杂志的邀约,买好了最快一班航班的机票。然而临走前,鬼使神差,她还是绕了大半个城,来到记忆中淘宝店的那个发货地址。

林小乐站在凌晨五点的黑幕中,拨通了沈煊的电话,再按断,发过去一条短信:"沈煊。还是想最后说一次,我喜欢你。我走了大半个城市,站在你的楼下。你能不能走下三层楼梯,来到我的面前?我只有一个钟头的时间。一个钟头你还不出现,我就知道答案了。"

黑漆漆的楼宇中,三楼的窗口突然亮起了灯。那一刻林小乐简直要流下泪来。然而五分钟,十分钟,二十分钟,四十分钟……直到一个钟头过去,那盏灯始终亮着,但沈煊,他始终没有下楼。

转身,泪落。林小乐拦下的士直奔机场。她想,这一段无果的单恋,她走得何其卑微。是时候终结了。

毕业八年后,林小乐重回C市,作为特约嘉宾参加母校的五十年校庆。这些年,她在严寒的南极拍过千年冰川,又在北极捕捉过永夜;在三千米的高空记下峡谷的咆哮,又在幽暗的深海对瑰奇珊瑚群按下快门。她终于实现了年少时的梦想,成为国际上都颇有盛名的摄影师。都说她胆大包天,哪里都敢去。只有林小乐自己知道,对 C 城,她始终近乡情怯。

回到 C 城的第二天,林小乐出门散步,未婚夫陪在一边,夸张地叫:"天啊,你穿了件什么衣服?"

是松松垮垮的一件旧 T 恤,和她如今风情万种的气质格格不入。洗得发白的棉布上,绘着细瘦稀疏的大片枝丫,并不好看,甚至有些突兀。林小乐却记得那一年,她站在城郊初开垦出的一望无际的田地上,听人介绍:"这一百亩,种的都是桃花。只要三年,就能开花。"她心一动,举起相机,镜头里是光秃枝条,她想的却是十里桃之夭夭。

沈煊绘了这件 T 恤,店里唯一一件卖不出去的 T 恤,最后成为她一人的独一无二。

小吃店在放电视,似乎是本市一个创业节目。未婚夫敲敲她的肩,惊呼:"好漂亮的男人。"林小乐一愣,回过神来,果然,屏幕上的受访者有着令人惊羡的五官,屏幕下方打着男人的名字:沈煊。

然而真正让林小乐呆在原地的,不是那个人似曾相识的声音,不是大屏幕上那个和八年前淘宝店一模一样的公司名字,而是沈煊他……坐在轮椅上。

主持人正在问:"七岁便瘫痪,这是否从精神上摧毁了你?"

沈煊静静地微笑:"不会,那时我还没有精神。灾难它来得太早,扑了个空。"

她想起了沈煊画的那列糟糕的地铁；
....
沈煊无法来赴她的约会；
沈煊亮着三楼的灯，
可他……走不下来。

林小乐觉得有风吹过,现实的一切突然变得极其遥远,而久远的过去突然无比清晰。

她想起了沈煊画的那列糟糕的地铁;沈煊说:"我喜欢你的眼睛啊,可以看到我看不到的那些东西。"沈煊无法来赴她的约会;沈煊亮着三楼的灯,可他……走不下来。

主持人还在继续问:"那有没有哪个时刻,特别恨自己残疾这回事呢?"似乎静了很久,年近而立的男人轻轻叹了口气:"有的啊。我喜欢的那个姑娘,她就站在楼下,说,只要你走下来。可我,连这样一件简单的事都做不到,又有什么勇气去留下她呢……"

林小乐怔怔低头,才发现胸前大片枯枝上,不知何时已被泪水浸湿。然而桃花,是永远不会开了。

(卫妆)

4
最后一张明信片

刘征今年三十八岁,正好活到他期望活到的年龄。

今天一大早,他就躲在一株大树后面,目送依然独居的前妻送八岁儿子去上学。儿子很健康,前妻黄晓琳离青春却越来越远,这让刘征有些许伤感。他清晰地记得十六年前他们相爱时的情境,那时黄晓琳才十九岁,一头长发,皮肤又滑又粉嫩,明澈的眼睛眨得像小兔子,见了他总是垂着头,脸上飘着两朵红霞。

二十世纪九十年代的爱情让人回味无穷。

那时还流行诗歌。那一天,刘征穿上西装,打上领带,手捧一束刚从海边采摘来的鲜花,忐忑不安地敲开了黄晓琳的家门。他在黄家一大院子人的注视下,将鲜花和一首海子的诗送给了腼腆羞涩的黄晓琳。黄晓琳被诗歌感动得眼泪哗哗,她颤声说:"海子只愿面朝大海,春暖花开,但我愿与你相伴终生,然后一起死在海里。"两人就这样定下终生,很快组建了家庭。

想起这些,刘征的脸上露出一丝微笑,但笑得很辛酸。他已经决定,今天完成最后一项工作,就会自杀,独自死在那片黄晓琳最喜爱的海里。

刘征失魂落魄地回到家,搬出家中除了床和书桌外唯一的家具——一个铁柜,打开来,里面孤零零地放着一张明信片。这个铁柜曾经堆满了明信片,刘征耗时十年终于将它们一一寄出,这是最后一张了。

他取出来,吹掉上面的灰尘,这是一张女生写给恋人的明信片,约定十年后送达,今天正好满十年。刘征还记得十年前的那件往事,那时他和黄晓琳在鼓浪屿依靠一家明信片商店度日。每天都有很多游客走进商店,选好最喜欢的明信片,然后寄给朋友、恋人、家人,或者未来的自己。他们可以约定寄出时间,近的一天,远的三年、五年,甚至十年。那天,一位头戴一顶白色圆顶帽,穿一件碎花衬衫和一条齐膝短裙的女孩,像阳光下的向日葵,被风吹进了商店。她在一墙明信片前精挑细选了一个小时,才好不容易选中一张,明信片上的图案是彩绘的大海和花瓣,然后郑重地坐在刘征面前,说:"我要求十年后寄出它!"

"十年很久远啊!"刘征说。

女孩深吸一口气:"对我们的爱情来说,它很短暂。"

"需要邮票吗？"刘征职业性地问。

女孩摇摇头，从挎包中取出五张看起来有些陈旧的邮票，小心翼翼地贴在明信片上，然后提笔在明信片上写下一行字："军，十年后，无论你依然贫穷，还是富可敌国；无论你依然年轻英俊，还是韶华已逝，我都会与你永远相伴，鼓浪屿的风和海会为我们做证！爱你的淇。"

"十年后，请一定为我寄到！"女孩将明信片交给刘征时又郑重其事地说了一句。

刘征立即被女孩打动了，因为她像极了妻子黄晓琳，她们都纯净无瑕，阳光美丽。"我保证会寄到！"他做出承诺。

原以为十年很久很久，却转瞬即逝。在这十年里，刘征的店因经营不善，关门了，他和黄晓琳失去了唯一的经济来源。他们的争吵越来越激烈，不久后，在他的强烈要求下与黄晓琳离了婚，儿子和全部财产归黄晓琳，刘征只带走了那个装满明信片的铁柜。

那时刘征就已决定去死，但他不能违背曾给予寄信人的承诺，所以，他决定一定要活到三十八岁，直到寄出最后一张明信片才自杀，独自死在那片海里。上天开恩，真的让他活到了三十八岁。

刘征将明信片塞进包里，抱出铁柜将它卖给了废品回收站，这让他赚到了二十元。这是他唯一的二十元，八元用来坐船上鼓浪屿，五元买那片海所在景区的门票，剩下的七元，他准备

无论你依然年轻英俊,
还是韶华已逝,
我都会与你永远相伴。

寄一张明信片,再买个盒饭,他不想饿着肚子去死。

　　刘征很瘦,严重营养不良,走上几步就得停下来喘上一阵。他艰难地走到厦门码头,登上渡船,船绕着鼓浪屿航行,厦门市像一片珊瑚礁般美丽无比,但这一切都不属于他。当他准备跳海自杀的地方出现时,他的眼中泛起了泪光,死真的很可怕,尤其是孤独地死去。他闭上眼睛,直到船停靠在别墅码头,才睁开眼,沉重地踏上阔别多年的鼓浪屿。自从他的明信片商店关门后,还是第一次回到这片土地。它变了,变得更加美丽,更加繁华,游人如织,大街小巷布满了明信片商店。

　　目的地并不远,但刘征送信前决定为黄晓琳第一次,也是最后一次写一张明信片。他踱进一家明信片商店,很快就选中一张有关海岸线的明信片,他坐下来,皱着眉头思索了半天,终于写下一行字:"晓琳,离开你,不是不爱,而是因为太爱你,珍重,我在海的另一边!不要找我,开始你自己的生活吧!刘征。"

　　他将明信片递给店主,说了一句:"马上送出!"今天寄信,明天黄晓琳就能收到,不过那时他已到了"海的另一边"。

　　刘征终于解脱,他疾病缠身五年,得的是心脏病,并非绝症,但做手术至少需要一百万,这是一笔他永远无法企及的天文数字。当他的明信片商店关门时,他就决定离开黄晓琳,独自承担一切。他在晓琳并不知道病情的情况下屡屡挑起矛盾,直到逼迫她在离婚协议上签了字。然后,他依靠药物,穷困潦倒地又活了几年,终于送完了所有的明信片,兑现完承诺,可以远离一切艰难困苦了。

他很快来到最后一张明信片的目的地,这是一幢欧式别墅,楼前有一个花园,里面种满了各式花草,修剪得整整齐齐,能在鼓浪屿拥有这样一幢别墅的,绝非普通人。看来那位叫淇的女孩选对了男人,他为她带来了富足的生活。真好!他伸手去摁门铃,却发现门旁贴着法院查封别墅的通告。

男主人生意失败,破产了!

这让刘征很伤感,他越来越觉得这对恋人就像自己与黄晓琳,不同的人生,相同的命运,被一张明信片交织在一起。

刘征走进别墅房间时,发现里面的气氛十分古怪。

他一眼就认出了淇,虽然淇原本青春活泼的脸不再精致、光滑,身材也有些许走样,但还是那么迷人。她冷漠地坐在桌旁,对面坐着一个微有些发福的中年男人,想必是她的男人军。刘征走进去时,他们一言不发,正盯着桌面上的离婚协议书发愣。

"快签吧,我现在已经一无所有。"男人说。

女人眼圈一红,终于提起了笔。

刘征摇摇头,走过去将明信片压在协议书上,说:"你的明信片,请查收!"

军一把抓起明信片,看着上面的文字怔怔出神,眼圈慢慢红了,似乎又回忆起了美好的往事。淇也认出了这张明信片,眼泪掉落下来:"没想到十年后它真的能够送达,可是,一切都没有意义了。"

刘征问:"你为什么要离婚?"

淇长叹一声:"我无法承受眼前的一切。事业、财产、房子,所有的一切瞬间消失,每天被债主追着跑,不停遭到谩骂侮辱,心刚刚获得片刻安宁,就会有人打来恐吓电话,甚至会有石头砸穿窗户玻璃,现在法院也找上门来了。我受够了!我要放弃!而且——他早就不再爱我。"

刘征摇摇头说:"他一定是爱你的,只是不想拖累你,才让你离开。"他想到自己的经历,不自觉地要为军辩护。

"你了解他吗?凭什么这样说?"淇不满地望着他。

刘征坐在她身旁,向她讲述自己十年来的故事,然后在她惊异的目光中说:"一个跌进人生低谷的男人愿意放手,一定是因为爱。"

淇的眼泪"啪嗒啪嗒"往下掉,她紧紧逼视军,想确认刘征的话是不是真的。

军仍在凝视明信片,脸色阴晴不定。良久,才抬起头,避开淇的目光说:"我不仅生意失败,还欠下三百多万元巨款,这些负担不仅是你,也是我所无力承受的,签字吧!"

淇很失望,又提起了笔。

刘征急忙说:"至少你还健康,而我今晚就要死了,你比我幸运得多。"

军讶异地望向刘征，刘征接着说："我身患心脏病，无力工作，不能照顾妻儿，更加无力筹钱治病，今天送完这张明信片，我就要走了。"

军和淇都不安地盯着刘征，不敢确定他所说的是真是假。

刘征面露苦笑，指着明信片说："你们不用离婚了，还有一笔巨大的财富在等着你们，足够让你们走出困境。"

"什么？"两人都惊奇地望着明信片，它只是一张发黄的旧纸片，上面除了淇在十年前留下的情话，一文不值。

刘征将食指压在邮票上："这是五枚清代红印花小壹元邮票，全世界仅有三十三枚，但你们竟然有五枚，太令人惊奇了！这种邮票不能在当代使用，这也是我为什么亲自过来送这张明信片的原因。"

淇睁大眼睛，大声说："它们是我从爷爷的集邮册里精挑细选出来的，当时并不知道它的珍贵，只觉得它很漂亮，只有它才配得上这张明信片和我的心意。"说到这里时，她的脸上闪过一抹红霞，仿佛在那一瞬间又回到了十年前。

军啧啧称奇："它一定很贵吧，有没有十万元？"

刘征摇摇头："不，二百四十万元。"

"啊？！"军大叫，"五枚邮票竟然能值这么多钱，不可思议啊！"

"不，一张值二百四十万元。"刘征纠正。

军和淇都大叫起来，淇好不容易才恢复平静，疑惑地问："你竟然知道它们的价值，又急需用钱治病，为什么还要……"

刘征淡淡地说:"它们不属于我。"说完站起身,步履蹒跚地向外走去……

(公输然)

5

百花深处的玛莲娜

流年似水,红颜如昔,却是旧相识

我没想到与柏丽的重逢竟然会是这样。

她是裹着石膏被抬进来的,明明表情痛苦地龇牙咧嘴,却有种安静祥和的小美丽。那一刻,我忽然很不纯洁地想起了电影《埃及艳后》里克丽奥佩托拉七世在亚历山大里亚第一次去见恺撒时的情景。

当然,这只是我一时的臆想,事实是我和她当时的状况一点儿也不香艳或者浪漫。相反,狼狈极了,因为她床头的牌子上写着右腿骨折,而我的牌子上则是左手骨折。

在看到对方的第一眼,我们都认出了彼此,然后大呼小叫地挥动着打着石膏的断臂残腿，那激动劲儿仿佛是抗美援朝老兵找到了失散多年的老战友。也正应了那句老话：老乡见老乡，两眼泪汪汪。

一番嘘寒问暖后，我了解到，她是今年才考到我们学校的。问及受伤原因，竟然是跟人飙机车摔的！还说是为了浪漫的爱情！

好吧，请允许我再次运用了强烈的画面代入。

在中学时代，尽管好多男生都喊柏丽"便利贴女生"，但这并不能改变她是男生寝室里被经常谈论的焦点以及熄灯后这些身处青春期的男生幻想的对象。

而在女生眼中，柏丽那一米七的高挑身材和34C的胸围，足以让众女生在羡慕嫉妒恨之余给她冠上"狐狸精""骚货"这样不雅的外号。

所以，当她很傻很天真地告诉我说她去飙车了，为了爱情。我首先想到的，就是火辣车模，其次狠狠地嫉妒了一下她的男朋友。

我有些酸溜溜地鄙视她说："你这受伤性质跟我为学院的荣誉打篮球而负伤在思想觉悟上明显差了一个等级，还浪漫个屁。"

柏丽嘿嘿地笑"杨嘉祥，这么多年你怎么都没变啊，还这么贫。"

我没变吗？我明明高了、帅了、绅士了啊，要不然我怎么没有再嘲笑柏丽是便利贴女生？

记得高中那会儿，班上的男生总爱搞怪，明明个个都想去占柏丽的便宜，但又怕被别人瞧不起，就给自己找了个台阶，抢着往柏丽身上贴便利贴。柏丽也大大咧咧地跟一帮男生玩得起。结果大家后来就叫她便利贴女生。顾名思义，就像便利贴一样，实用、方便、易撕，用完就扔，不留痕迹。

似乎是为了证明她现在有多幸福，柏丽整天都向我唠叨她那个传说中帅得掉渣的男朋友夏明远。不过我也能理解，这丫头虽然高中时看似是个十足的"交际花"，其实纯洁得要命，连一场恋爱也没谈过。好容易到了大学，再不找个男朋友，可真就有点对不起这大好的青春了。

不过，让我纳闷的是，住院的这几天里，探病、送水果的人全是来看望我的，柏丽的男朋友竟然一次都没来过。

我想，柏丽的心里一定也不好受吧，不然她为什么总是在有人来时就躲在被子里睡觉呢？

怒发冲冠，潇潇雨歇，抬眼空悲切

出院的那天，一群兄弟来接我。他们惊叹于柏丽的美貌，争先恐后地跟我打听她的底细。我拿眼瞪他们："这妞是我老乡，你们谁都不许打她主意。"结果被众人集体鄙视。

我们在前面打闹，形单影只的柏丽一个人慢吞吞地走在后面。让一美女如此凄凄惨惨戚戚地跟在身后，实在是有些煞风

好不容易到了大学,
再不找个男朋友,
可真就有点对不起这大好的青春了。

景。我想了想，决定叫哥们顾凯去帮她提包。

谁知道柏丽压根就不领我的情，她的双眼发光似的看着马路对面。我顺着她的视线看过去。咦？难不成那个手里抱着一束玫瑰的小白脸就是柏丽念叨的夏明远？

杨嘉祥，我男朋友来接我出院了！柏丽眉开眼笑地说完就往马路对面冲。红灯、绿灯。跌破眼镜的事情就这样发生。那个小白脸压根就没看到柏丽，而是径直从她面前走过，将手中的玫瑰送给了一个穿着棉布长裙，扎着马尾，很小清新、很文艺的女孩。我以为柏丽会像泼妇般冲上去质问。但她只是不敢相信地捂着嘴，摇着头，然后转身朝相反的方向跑。

还好顾凯反应快，一个箭步就追了出去。

我没有追出去，而是冲到了夏明远的身前，狠狠地一拳揍到了他脸上。他身边的文艺女孩哭花了脸，她震惊又愤怒地看着我。我很不齿地吐了句："林茉莉，你们可真是对贱人！"然后就被身边的哥们拉走了。

那天晚上我喝得很醉。那个文艺女孩叫林茉莉，是我的前女友，半个月前，以要安心学习为借口和我分手。世界真的很小，柏丽的现男友竟然为了我的前女友玩劈腿。我为自己和柏丽都感到不值。忽然就很想柏丽，那个同样失恋的柏丽跑到哪里哭去了呢？要是她在的话，说不定我就没那么难过了。

因为怕彼此会尴尬，那天之后，我也没再去找柏丽。过了好久，我才在操场上再次遇见她。她着实瘦了好大一圈，模样竟然出落得更楚楚动人，再配上她那极品的身材，简直就是一尤物。只不过，如此的美人此刻提了满满一桶衣服吃力地走。我一把抢过她的水桶。瞟一眼就知道，都是男生的衣服。

柏丽红了脸，低着头不说话。难不成又是那个夏明远的衣服？看她支支吾吾的样子我就知道是。我气不打一处来，拉起她的胳膊就往夏明远他们宿舍楼下走。柏丽一路求饶说："杨嘉祥，你别这么冲动嘛！没关系啊，反正我闲着就帮他洗嘛！"

我才不要理会柏丽的话。我只知道她这样的女生不该被欺负。

让人喊了夏明远下楼，我离老远就把那一桶衣服泼到他身上。他有点愤怒地看着我说："怎么又是你？我和她的事情你凭什么插手？"

"凭什么？就凭我们是高中同学，就凭我们是老乡，就凭她是美女！我就是看不惯别人欺负她！"我怒火中烧的样子让那个小白脸不敢再多说一句。他灰头土脸地捡了衣服上楼，说懒得和我一般见识。

然后我跟柏丽说："我帮你出了气，以后你就照顾好你自己。"我本以为她会感激涕零，结果她却丢给我个白眼，还拿粉拳砸我："杨嘉祥，你害我失恋，你害夏明远恨我，你怎么这么讨厌啊！不行，你得赔我个男朋友！"

我一愣，口无遮拦地来了句："这个多简单，我把我赔给你得了。"话刚出口，我和她都愣住了，随即脸红得像落日的余晖。

百花深处,江边城外,此时无限情

  此后无数个傍晚,我没事就喊柏丽出来,然后骑着单车去外面游荡。我的山地车与柏丽的漂亮女车便在落日下投下纠缠的剪影。

  原来爱情,有时候并不需要说出口。落日、光华、少男少女、暗影。哥儿们都说,那画面可真美。于是同城老乡终成才子配佳人的笑谈飞语就有了些许善意。

  周末的时候,我和柏丽去一些老胡同里闲逛。那日空气温润、光线充足,旧建筑群里散发着久远的时光腐朽味。走到一处破败的胡同,我一瞥眼,便看到在胡同拐角处,有一块镶嵌在石壁里面的铭牌,是这个胡同的名字。我从未想到,这么败旧的弄堂,它的名字竟然唯美如斯:百花深处。柏丽站在胡同名牌前,神情有些恍然。

  "怎么了?"我问她。

  柏丽摇摇头,皱着眉头浅笑:"我只是觉着这个地方跟我们很有缘。"

  "不会是因为你的名字柏丽跟百花很相近,便爱屋及乌吧?"我宠溺地捏了捏柏丽的鼻子。

  "讨厌!"柏丽娇嗔着伸手来打我。我刚一闪避,却捕捉到柏丽温柔的眼神,顿时顺手将她的手抓住,心也怦怦地跳个不停。

  我知道,此时此景我应该做些什么了。我温柔地看着她,伸长胳膊把她轻轻揽入怀里,紧紧地拥抱,用下巴拨开她的长发,亲了亲柏丽的额头,随后慌乱地滑过她的唇,软软的。

整个过程中,柏丽脸在发烫,不敢睁开眼睛看我,也不敢回我的拥抱,她只是呼吸急促地用拳头紧贴在我的胸前。

那是我的初吻,也是柏丽的初吻,虽不似电影里的那般缠绵,却足以让我铭记一生。

并刀如水,吴盐胜雪,纤指破新橙

许多时日后我一直在想,如果没有后来的事,我和柏丽的爱情会不会一直走到底。

那天,宿舍哥儿们在网上下了一部电影,喊大伙一起看,说是部超唯美的文艺片。

那是我第一次看《西西里的美丽传说》。当莫妮卡扮演的女主角玛莲娜裹在半透明连衣裙里的丰腴身体出现在屏幕里时,我的心脏狂跳不停。那一瞬间,我清晰地感觉到青春期荷尔蒙的悸动苏醒。

影片中,玛莲娜撩着波浪状黑亮的秀发,穿着短裙和丝袜,踏着充满情欲诱惑的高跟鞋,走在西西里岛的长街上。她的一举一动都引人瞩目、勾人遐想,她的一颦一笑都叫男人心醉、女人羡妒。玛莲娜征服了西西里岛的所有男人,同时也征服了

许多时日后我一直在想,
如果没有后来的事,
我和柏丽的爱情会不会一直走到底。

屏幕前的我。那一刻,我突然无比地感到对女孩身体的渴望。我想到了柏丽。

青春期的欲望就像被打开的潘多拉魔盒,释放出的,只有人类最原始的罪恶。那个周末的傍晚,我带柏丽去吃饭,逛街,然后又看了电影。散场后,已经是晚上十一点多,早过了学校规定的就寝时间。一切,都在我的计划内,我颤颤巍巍地跟柏丽提议:"要不,我们找家旅馆过夜吧?"

柏丽一下子也明白了过来。街灯下,她的脸红得厉害,但她也没有拒绝,任由我拉着进了一家连锁酒店……

一开始,我们都拘束地坐在床沿,心不在焉地看着电视,尴尬地说不出话来。柏丽的模样很可爱,红着脸低着头双手在玩弄外套上的扣子。时间在无声地流逝。我鼓起勇气,轻声唤她的名字:"柏丽"。她突然就像只兔子一样跳了起来:"啊?我……我先去洗澡……"然后就飞快地跑进了卫生间。

过了好久,柏丽裹着浴袍出来了,在我还没来得及反应时,她就关了房间里的灯,然后迅速地钻进邻近她身边的那张床的被子里,用细不可闻的声音说:"你……还不去洗澡吗……"

…………

那晚后来,我和柏丽疯狂地接吻,像两头小兽一样撕咬对方,夜的欲望被彻底释放。我们紧张好奇地相互抚摸对方的身体,彼此发出喘息。可我的脑中总浮现出《西西里的美丽传说》中的玛莲娜……

那是前所未有的奇怪和紧张,我甚至听到了自己的心跳声,身下的柏丽更是颤抖得厉害。可是，毕竟是第一次做这种事情。在我还没有将自己从男孩变成男人，将柏丽从女孩变成女人时，我和柏丽隔着内衣在激烈地拥抱扭动后，我就很丢脸地结束了……

霜落洲头，月满西楼，君心负妾心

自从那晚过后，我就如同中了毒。就像一个顽皮的孩童，在知道了糖果是甜味后，就总想着要将糖果真正含进嘴里。

甚至后来约会时，我除了想进一步和柏丽亲密接触外，就无任何甜言蜜语来陪衬，以前那种纯纯的爱情在荷尔蒙的悸动下开始变质。

柏丽对那晚所发生的事情后悔莫及，"嘉祥，你如果真的爱我，就等我们将来……将来结婚时再做那种事情好吗？"她红着脸又很难过地对我说。

或许是被年轻的欲望冲昏了头脑，那一刻我竟然向柏丽发火了。"难道你对我们的未来抱有怀疑吗？还是你不爱我了，不愿为我付出……"然后我就看到柏丽突然流了泪，只是年轻气盛的我，在那一刻选择了倔强地转身离去。

我们就这样不可思议地分手了。冷静下来后，我知道，是我深深地伤了柏丽的心，而且这种伤害的初衷，是那么地猥琐下流，让我再也鼓不起勇气去面对柏丽，所以，我选择逃避。但凡是柏丽出现的地方，我，退避三舍。

顾凯早就对柏丽垂涎已久，听说我们分手了，第一时间跳出来，说要替我好好地去爱柏丽。但是顾恺的情商太低，根本不懂如何讨女孩子欢心，于是我只能在幕后充当他的狗头军师。

柏丽生日那天，我给顾凯支招，要他举了一大把粉红色的心型气球站在她们宿舍楼下大吼"柏丽，我爱你！"虽然情节很烂俗，但是效果还是很具影响力和轰动性的。

顾恺回来后，笑得那叫一个灿烂，说柏丽很感动，还说顾恺是这么多年第一个记得她生日的人！

我笑着说恭喜，然后出了宿舍，上了教学楼的天台，心想：为什么这么多年我还能记得柏丽的生日呢？记得初中开学的第一天，还很瘦小的我在偌大的中学校园里不争气地迷了路。是同样路痴的大肉球柏丽抹着眼泪和我一起找到了属于我们的教室。填报道表的时候，我就情不自禁地记住了肉球的名字和生日，埋在心里，一埋就是这么多年。那时候班上的男生，都喜欢嘲笑柏丽，碍于面子，我总是和他们统一战线一起欺负她，天知道我有多么地不想。

晚风很清新，我收回思绪，将握在手心里的小小礼物塞进了一旁的垃圾桶。我一直欠柏丽一个生日，可惜天意往往弄人，还没等到她过生日，我们就分手了。

凭栏日暮，倦云沉海，枯草篱边路

我不知道顾凯和柏丽的进展如何，但我终于算是解放了。日子又变得无所事事起来，原本用来陪伴柏丽的时间竟然找不到其他的事情来做。

我躺在草地上悠哉地睡午觉时，林茉莉就这样突兀地出现了。她哭着说："嘉祥，我最爱的还是你！"除了很诧异她怎么能找到我之外，对于她虚伪的眼泪，我半点同情都没有。我起身拍拍屁股走人，却听到了刺耳的声音，林茉莉狠嚎着说："你不肯原谅我是不是因为那个柏丽，她那种贱人有什么好！"

我恶狠狠地瞪了林茉莉一眼，"再敢说她是贱人，你试试看！在我眼里她比你好一千倍一万倍。她至少比你善良。"

骂完林茉莉，我竟然觉得心里很痛快，无比轻松。回到宿舍，一群小子在打牌，还没进门，就听到顾凯他们乱嗡嗡的，无非就是谁多赢了，谁又输惨了。刚要推门就听见宿舍大毛高声喊着"顾凯你小子真牛啊，找了个美女老婆手气都这么顺啊！"大毛的语气酸溜溜的，很符合我现在的心境。我本打算进门一起附和下大毛顺便敲诈顾凯一顿，谁知道顾凯这小子脱口而出："柏丽还没跟我好呢！人再漂亮有什么用啊，碰不让碰，摸不让摸，不过我猜啊，她的第一次肯定给了杨嘉祥了……"顷刻宿舍变得鸦雀无声。在我走进门前，他们的牌桌子已经被掀翻。

我一直欠柏丽一个生日，
可惜天意往往弄人，
还没等到她过生日，
我们就分手了。

是大毛带的头，他们是气顾凯的好牌运。我是为柏丽。这场寝室大混战收尾时，大家都挂了彩，顾凯被送进医院的时候，抹着鼻血哆嗦着说："杨嘉祥，你肯定还是喜欢柏丽那个傻女的，不然你干吗这么拼命。"

是啊，我干吗这么拼命？拼命到被开除了还傻呵呵地笑。柏丽是哭着来找我的，她一定没有看到学校公告栏里关于我的处分决定。不然她怎么会来恶狠狠地找我算账。

"杨嘉祥！你究竟想干吗？是你不要我的，现在干吗又要这样？你从小就喜欢和我作对。怎么到了大学，先是夏明远，后是顾凯，怎么我身边的男生，都被你揍了个遍呢？现在好了，你拿什么赔给我？！"我很想用力拥抱柏丽颤抖的身躯，我更想亲吻她流泪的脸。可她却早早转身离去，留我一个人孤单的在夕阳里吸烟。

这是我第一次吸烟，呛得眼泪都流下来。如果当初我没有因为那些下流龌龊的思想而欺负柏丽，现在的我们又会是什么样子？可我想到月光都凝滞也想不出个所以然。我只能拍拍屁股，将空的烟盒踢飞，准备过些天启程回家。

寻寻觅觅，冷冷清清，从此长相思

直到我走之前，柏丽都不肯见我。也罢，或许不见面对我和她都好。

回家那天,火车站的人特别稀少。凄凄凉凉的,我踉跄着走上火车,一只脚刚踏上火车就听到那熟悉的声音。

柏丽喊我,"杨嘉祥,你丫的等下。"我的动作就是在那一瞬间凝固的。柏丽粗暴地把一本日记塞进我怀里。我看到她猩红的眼睛。

火车一路北上。没有悲伤,没有眼泪,看完日记我只是安静地睡。梦里,仿佛回到了初中的时候。柏丽她对着我不停地微笑,让我迟迟不愿醒来,我怕我一醒来就看到柏丽初中日记上写满了对我的爱恋。

我喝着手里冷掉的可可,一半甜的,一半苦的。原来,最最让人留恋的,总是未完成的。外面的天灰蒙蒙的,柏丽的明天是快乐还是忧伤,都不属于我。时间会把习惯换了,伤口愈合,也撤销了我再想她的资格。

我们的故事就此散场,再见吧,柏丽,相见,不如怀念。《西西里的美丽传说》的最后,雷纳多竟鼓起了他所不曾有过的勇气,靠着他自己的力量,以一种让人难以料想的方式,来帮助玛莲娜走出生命的泥沼,完成对自己的救赎。可我对爱我的柏丽犯下的过错,却连救赎的机会也没有。

我忽然又想起,那天在那个名叫百花深处的胡同里,石板路两旁花红柳绿。我站在那里,眉眼低垂,而柏丽将她美丽的身段投进夕阳的光影温晕里,满眼绚烂。

窗外的风景如快镜头般在一帧一帧地飞速倒退,耳机里徐佳莹清澈而又苍凉地在唱:"我身骑白马啊,走三关／我改换素衣呦,回中原／放下西凉没人管／我一心只想王宝钏……"我突然觉得无比烦躁,一把拽掉耳机,来到车厢的接连处。火车里冷气十足,我点了一支烟,靠着玻璃门坐在了地上,突然哭了。

(荆纯)

6

绿豆汤和鸡尾酒

何明和刘芳是大学同学,毕业后,两个人在北京找了工作,过上了"北漂"的小日子。何明家是农村的,没有经济基础,刘芳生在小城市的工薪家庭,虽不富裕,从小却也被父母万般宠爱。现在的生活比较艰苦,但刘芳并不在意,两个人一起努力,日子过得拮据,却温馨快乐。何明心里充满了感激。

结婚的时候,何明老家的母亲欢喜得眼泪都出来了,把刘芳拉到一边,说:"闺女,苦了你了,何明哪儿修来的福分啊!"刘芳笑着说:"妈,以后您就放心把儿子交给我,我保证给你养得又白又胖!"何明母亲被逗乐了:"穷人家的娃好养活,何明从小也没吃过什么好东西,就好喝口绿豆汤。"刘芳点点头,记在了心里。

结婚后的夏天,何明跳槽到了一家外企,工资待遇提高了,工作也忙了。但不管多晚，他也一定会尽早结束应酬，回家陪妻子。刘芳常常会熬一小砂锅绿豆汤，等着他回来喝。何明就好这一口：煮得软烂的绿豆，飘着豆香味浓绿色的汤里面加了糖，喝下去，整个人都透着舒服。刘芳总是笑眯眯地坐在他身边，看着他把汤喝完。

有一天，何明和客户应酬，时间比较晚了，客户提议说去一个叫"冰冻的火焰"的酒吧再坐会儿。何明一向不喜欢酒吧这样的场所，但是为了不扫客户的兴致，只好答应了。

"冰冻的火焰"里另有一番天地。音乐开得肆无忌惮，一群年轻时尚的男女在开怀调笑，流动的灯光把酒吧照得五光十色，何明不由得皱了下眉头。客户推了他一把，说："看那边的美女调酒师，叫小虹。"

何明抬眼一看，一个穿着黑色皮裙的漂亮女孩正在吧台表演调酒，几只瓶子在她的手中上下翻飞。发觉有人看她，小虹笑着走到何明面前："帅哥，你不常来吧，我请你喝杯酒。"说罢，取了一只高脚杯，双手飞快地动作着，顷刻间，一杯绚丽的鸡尾酒就做好了，三层色泽分明，闪着诱人的光泽。小虹把吸管插进酒杯，掏出打火机点燃了这杯酒，在何明目瞪口呆之时，对他说："一口气喝完。"

何明有些不知所措，听话地接过酒一饮而尽。这杯酒味道很独特，先冷后热，冰火两重天，何明从未喝过这样的酒，感觉很新鲜也很刺激。小虹笑了起来，何明看着她金色眼影下的眼波，有点醉了。

从此以后,何明的应酬渐渐多了起来,在家的时间更少了。刘芳熬的绿豆汤他也不怎么喝了。刘芳觉察到了这一变化,却没有多说什么。

终于有一天,何明开口对刘芳说:"对不起,我喜欢上了别人。"刘芳似乎并不意外,只是苦笑了一声,然后说:"离婚吧。"

何明没想到事情进展会这么顺利,对刘芳充满了愧疚,但是一想到那杯迷人的鸡尾酒,他就立刻狠下了心,离婚不久,何明和小虹住在了一起。

新的生活就像鸡尾酒一样,充满了新鲜感。小虹也不上班了,就在家里等着何明,每晚摆弄着调酒壶,给他调制新的鸡尾酒。酒精的刺激让何明年轻了不少,常常沉醉不已。

时间长了,何明对这种生活又逐渐习惯,也失去了新鲜感。有一次单位体检,医生严肃地对何明说:"你不能这么喝酒了,你的肝必须好好保养,否则……"何明赶紧点头称是。

晚上回到家,小虹穿着一件漂亮的真丝睡裙,正坐在小吧台上等着他。见到何明回来,小虹兴奋地扑过来勾住他的脖子:"今晚想喝点什么?"何明苦笑了一下:"医生说我的肝不好。"小虹撒娇说:"肝不好?我给你调杯酒补一下,这杯酒你肯定喜欢,叫龙舌兰日出。"

何明皱了下眉头,推开小虹的手:"你帮我煮点绿豆汤吧。"

"绿豆汤?"小虹瞪大了眼睛,看出何明不是在开玩笑,有点不高兴地应了声,转身进了厨房。何明坐在沙发上,看着厨房里的小虹。小虹找出一只没用过的新高压锅,抓了把绿豆洗了洗，扔进锅里，加上水，过了十分钟，端了出来，对何明说："喝吧。"

这么久没喝绿豆汤，何明还真怀念了。他盛了一碗，只见绿豆汤的颜色很浅淡，喝了一口，绿豆还是硬的，又涩又生。何明皱起了眉头："这叫绿豆汤？"小虹也生气了："喝什么破绿豆汤，你有品位吗？"何明很生气，两个人吵了起来，小虹摔门而去。何明也不想去追，只是颓然地坐在了沙发上。

第二天下班，何明接到了前妻的电话。刘芳说，昨天收拾东西，发现何明有些衣物还没带走，让他有空过去取。何明就赶到了他们过去的家。家里仍然是干净清爽，井井有条，他的衣服被放进一个收纳袋里，摆在门口。这时候也到了晚饭时间，刘芳很客气地问他，要不要在这里吃晚饭。

何明心里一动，脱口而出："能给我煮碗绿豆汤吗？"说完后，又觉得有点不妥。还好，刘芳只是愣了一下，还是答应了。

刘芳取出高压锅，很快地做好了一锅绿豆汤。比起小虹做的，这碗绿豆汤已经是不错了，火候很好，绿豆也煮烂了。但是跟何明记忆里的口感绝佳的绿豆汤相比，还是有一些差距。

何明忽然想起了什么："我记得你以前做绿豆汤，都是用砂锅，怎么现在用高压锅了？"

刘芳笑了笑："砂锅煮绿豆汤是最适宜的，营养不会流失。但是做起来麻烦，先要把绿豆在热水瓶里泡几个小时，等它们快开花了，再放进砂锅里煮，火候掌握不好，口感就不好了。高压锅的好处就一个，快。现在是一个快节奏的社会，不是吗？"

时间长了,
何明对这种生活又逐渐习惯,
也失去了新鲜感。

听了这些,何明愧疚地想,他对刘芳的爱不是也那么快就改变了吗?刘芳的话分明是想告诉他,这里不适合他久留了。但是,何明忽然很怀念这里的生活,他想,要是刘芳还没有伴的话……

正在这时候,刘芳的手机响了。刘芳看了一眼号码,脸上露出了掩不住的笑意。电话那头的声音挺大,是个爽朗的男声,尽管刘芳走到了门口,何明还是清楚地听到了那边的话。

"阿芳,我买了最新鲜的绿豆,今晚回家给你煮绿豆汤。高压锅不行,没营养,要用咱家的小砂锅……"

趁着刘芳回话,何明悄悄提上自己的东西,离开了这个家。此刻的他,已经不配再享受绿豆汤了。

(左文萍)

7

错爱

第一次坐地铁,夏菰被卷入人海,迷迷糊糊地坐反了方向。当她重新上了地铁,向着目的地再次出发时,已是精疲力竭。

她挤到一根铁杆旁,靠在上面休息,虚汗从额头上慢慢渗出来,在拥挤的空间里,她感觉四周让人窒息。

这时一个男人给她让出座位,夏菰万分感激。他们在同一站下了车,相互礼貌地道别。

夏菰重新振作精神,朝宠物市场的方向走去,在那附近,她和小伙伴合伙开了一家宠物美容店,虽然是入股人之一,但小店有专人打理,她不需要常到这儿来,只因为钟爱的加菲猫寄养在这里,所以一到周末,她才会来店里转悠一圈。

来到小店,她径直就去楼上抱下了她的猫咪,逗弄了它半天。她拉着猫咪的前脚，对着它又大又圆的脑袋自言自语，忽然感觉有什么东西在猫的身后，一侧头，看见一张男人的脸，顿时惊声尖叫，把加菲猫吓得缩回了前脚。

"我在门口喊了半天，没人搭理，才进来的。"男人抱歉地说道。

夏菈瞪大眼睛看着他，咽了咽口水说："没……没关系，你是来……"

男人露齿而笑："我是来找爱伦的。没想到又遇见你，你在这儿上班啊，早知道刚才就跟着你过来了，我还在外面问路问了好半天。"

"爱伦？"夏菈把眼睛又瞪圆了，爱伦正是与她合伙开店的同伴。

男人从提包里拿出一套书说："我很喜欢看爱伦的漫画，是她的粉丝。我在她博客上知道她开了一家宠物美容店，所以才找过来，想请她签个名。"

夏菈接过书说："爱伦几乎不来店里，我可以让她帮你签名以后，再把书还给你。"

正说着，屋里传来一声哀号："夏菈，能不能把你的加菲抱走，它又在舔我的脚趾头了……"

夏菈低头一看，光顾着和男人说话，加菲猫不知何时已经跑开。

男人忍不住笑起来："你叫夏菈？嗯……夏小姐，那就麻烦你帮我找爱伦签个名，回头我再来感谢你。"

目送男人远去的背影,夏菈心里发生了一些化学反应。她手舞足蹈起来,把加菲猫抱回怀里亲了又亲,嘴里喃喃地念着男人的名字:"林成彬、林成彬……嘻嘻。"

还书的日子约在了一个美好的午后时间。夏菈到达约定地点时,林成彬早已等候多时。她看见他倚靠在窗边的沙发上,阳光斜斜地照着他,周围有花影浮动,白玉兰的花香幽幽传来,她确信闻到了爱情的气息。

林成彬翻开书,在扉页上看到签名,浅浅一笑,夏菈完全沉醉在他的笑里。

爱伦是本市著名的漫画家,漫画主题多为动物。夏菈以为只有女生爱看她的漫画书,没料到像林成彬这样正儿八经的大男人,竟然也有这么一颗萌动的童心。如果说在地铁上的让座,只是让夏菈对眼前的男子稍有好感,那么此刻,她的好感已经开始演变成"喜欢",并朝着"爱"的方向发展。

下午茶的时间很快过去了,两人聊得相当投缘,正当夏菈意犹未尽之时,林成彬接到一个电话。他看了看来电显示,整个身体都紧绷起来。

来电的是公司的张总:"成彬,你做的方案董事长很满意,今天我向她正式推荐了你,她愿意见你一面。现在你在哪儿,快过来,只要得到了她的认可,以后谈她女儿的事就方便了。"

林成彬挂了电话,匆匆和夏菈道别。

夏菈对他难舍难分,久久不能平复心情,从这天起,她学

此刻,她对眼前男子的好感
已经开始演变成"喜欢",
并朝着"爱"的方向发展。

会了失眠，学会了思念，尝到了相思之苦。其他男人想方设法地想要夺取她的芳心，而林成彬小小的一个举动、一句话语，就轻易地俘获了她的心。

夏菝顾不上女孩的矜持，大胆而主动地追求起林成彬，尽管她感觉出他对她并不太热情，但借助青春期对爱情幻想的勇气，她奋勇向前，相信终有一天，他会疯狂地爱上自己。

她在网上搜索女人追男人的招数，想方设法地逢迎他……可慢慢地发现，林成彬不是一座可以简单翻越的山头，他更像是一座碉堡，怎么攻，都攻不下来。

其实，林成彬并非夏菝想象的那么牢不可破，只因为在他心里，还住着另外一位女孩，与夏菝相比，那位女孩似乎更为重要，那是一种超越了爱情的重要。

林成彬不希望夏菝在这份感情里越陷越深，便寻思着只要和另一位女孩的关系确定下来，就找机会和夏菝说清楚，让她彻底断了对他的念头。尽管他有些不忍心，可这已是对夏菝这份爱最好的报答。

这天他应邀来到萌宠选秀活动现场，夏菝抱着加菲猫欢喜地迎面而来，看见他的第一句话便是："成彬，真怕你今天不来，我和猫咪为了这场活动准备了好久，你一定要看完我们的演出才能走。"

只有夏菝自己知道，她精心准备的这场表演中，有一个"萌猫爱心"的环节，是专门为林成彬准备的。她打算借着这场活动，当着几百人的面，向他表白自己的爱意。她拨开猫咪柔软的毛发，对着它的耳朵说："小可爱，你一定要帮我，我们双剑合璧，必定攻下林成彬！"

夏菈所有的幻想都在林成彬电话响起的那一刻戛然而止，很多次，与他在一起，总有电话打断他们的进程，起初夏菈相信了林成彬的说法，后来发觉，电话并非在谈公事，更像是在策划着什么。

露营的那一次，夏菈无意间听到了林成彬对着手机那一头说："张总，这事就麻烦你了，能不能再帮我打听打听，赵小姐喜欢吃什么，平时都去哪里购物……"

凭着女人的第六感，夏菈意识到林成彬正在追求另一位女孩，可她不愿意轻易就认输，依旧奋不顾身地往前冲，直到此刻，林成彬的电话再次响起时，她才有了一种不祥的预感。

林成彬避开夏菈接听电话，喜出望外，他托张总办的事终于成功了，董事长答应让他见赵小姐一面。他在心里打着小算盘：赵小姐是董事长的女儿，只要有了第一次见面的机会，以后就可以顺水推舟地追求她，倘若成功了，他便是董事长未来的女婿，这比一切升官发财都来得更畅快实在。

于是他转身立刻对夏菈说："公司有点事，我必须要走了。"

夏菈如遭晴天霹雳，感觉林成彬这一走，便不会再回头。她噙着眼泪说："不是公司有事，是你有私事吧？你是不是爱着其他女人，这么久了，你就对我没一点感觉？"

林成彬想着话已到此，不如就狠狠心，一刀两断了吧，便说道："对，我一直爱着别的女人。这段时间能和你做朋友，我很开心，但今后就请忘掉我。"

说完，他头也不回地走了。夏菈在那一刻，心碎满地，她使尽浑身解数搭建的爱情，对方却只用了指尖的轻微之力，轻轻一推，爱就像一副多米诺骨牌，全部崩塌了。

夏菈不知道是怎么完成选秀节目的，她抱着加菲猫沮丧地离开活动现场，过了很久，才发现手机一直在嗡嗡地振动，是妈妈打来的。在接听电话前，她把手机远远地拿开，刚一接通，就听见话筒里妈妈泼妇似的叫骂："你这孩子，给你打了一天的电话，就完全听不见吗？昨天才告诉你，今天要见客人，你不打扮打扮就算了，还存心躲起来，这么大的人了，整天和猫猫狗狗混在一起，做事能不能靠谱点！现在我命令你，立即给我滚回来！"

夏菈被妈妈这么一骂，这才想起今天的"正事"，要是以前，她肯定直接挂断电话，对妈妈安排的相亲置之不理，可今天，她已无心与妈妈"斗争"，只是有气无力地说了一声"遵命"就朝着家的方向赶去。

换上拖鞋的时候，夏菈在鞋柜旁看到一双眼熟的男鞋，她疑惑地朝客厅走，坐在沙发上的男人背对着他，她隐隐感觉到了什么。

妈妈看见她回来，高兴地招呼她，要给她介绍沙发上的人。那人回过头来，看见夏菇，顿时傻了眼，局促得说不出话来。倒是夏菇落落大方地伸过手去："您好，我是赵茜。"

那人手足无措地握住她的手："您好，我是林成彬。"

咖啡猫从夏菇手里跳出，直接跑到林成彬脚边蹲着，夏菇硬是把它拽了回来。

自从父母离异后，夏菇就跟着妈妈改名赵茜。和林成彬在宠物美容店见面时，她的老朋友叫她夏菇，被林成彬听见，她就不便再改口。

她看了看茶几上林成彬带来的礼物，一套爱伦的漫画书、一篮巧克力草莓和一张美力商场的购物卡，嗤笑道："林先生看来是做了不少功课，如果我没有猜错的话，漫画书里一定还有爱伦的亲笔签名。"说着，她走过去随意翻开扉页，果真看见了爱伦的字迹，上面那句"一本书读懂一个恋宠时代"，也正是她让爱伦写下的。这真是讽刺啊，她为了他去签名，他却是为了讨好另一个她，漫画书转了一圈，最终还是回到了她手里。

这个时候，夏菇明白了林成彬所谋划的一切，他口中那个"一直爱着的女人"，不过是她的另外一个身份，他宁愿去"爱"一个从未谋面的叫赵茜的女子，也不愿接受眼前这个真实的叫夏菇的女孩，看来在与世俗生活的角斗中，她的爱情节节败退，而且伤痕累累。虽然心痛，但她又感到庆幸，这种虚情假意的男人，不值得倾尽所爱。

林成彬没想到会以这样的方式见到夏菈。在到董事长家里之前，他已经把要说的每一句话、要做的每个表情和动作，都预设了数种反应，精心策划过一番。万万没想到，整个故事发生了戏剧化的转变，他坐立不安，想着如何去挽救这一段感情，但是夏菈一改灿烂的笑容，冰冷的面孔正如他拒绝她时那样，无形中将他永远地隔离出了她的感情地带。

这是一场相当尴尬的相亲，无论林成彬说什么，都被夏菈冷酷地驳回。"请从此忘掉夏菈，我叫赵茜。"这是夏菈对林成彬说的最后一句话。

依然是周末，夏菈开着跑车去她的宠物美容店，她不会忘记，几个月前，因为跑车还在修理，她第一次坐上地铁，意外地认识了自以为完美的男人。在那场费时费力的拉锯爱情战中，虽然有过这样那样的遗憾，当她回过头来重新审视这一段恋情时，却蓦然发现，那段日子里充满了感情蜕变的幸福或痛苦，那拼命挣扎的是青春的张力，是无声的情歌，是让人无怨无悔的失恋经历。

而对林成彬来说，他却没有和夏菈感同身受的无悔。

（贾煜）

8

住在青春隔壁的假想敌

1

再见江月瑶时,是在腾讯企鹅弹出的迷你窗口中。那么醒目的新闻标题:华裔少女才艺惊艳欧洲顶级音乐赛事。标题下方的照片里,江月瑶宛如春风的笑容美丽如昨昔。我的心中涌现一丝羡慕,但更多的是感慨和祝福。

我很早前就知晓,从襄原城走出去的他们,都会响当当地傲然绽放。

彼时的襄原城里,人们基本还没有养宠物的概念,只有许多只中华田园犬在快乐地流浪着。

西辞或许是第一只真正意义上的宠物犬。它是我十二岁生日时，舅舅特意从外地带回来送给我的生日礼物。

然而暑假的某个暴风雨夜后，西辞失踪了。就在我难过不已时，楼下突然传来喧嚣声，吵闹中夹杂着爸爸的训斥："小兔崽子，敢偷我家狗……"

我一个激灵，起身冲到阳台，然后就看到一个穿着海魂衫的少年正被爸爸揪着衣领子训斥。

旁边还有一个穿白衬衫背带裤的干净男生，在手舞足蹈地向爸爸解释着什么。

天哪！怎么会是夏凌风和宫泽？在人们纷杂的议论声中，我总算听明白了：之前有人看到夏凌风抱着西辞去了宫家。

我是知道他们的。夏凌风算是我半个邻居，因为我家的房子和他家是背对背而建，看似离得很近，其实隔了两条街。他去宫家无非就是去找他最要好的朋友——工程承建商宫宸海的儿子宫泽。

我匆匆下楼的时候，闹剧接近尾声，街坊邻居已经散去。夏凌风始终没承认是自己偷走了西辞，他挣脱我爸的手，倔强得一言不发，然后将身上皱巴巴的海魂衫拽舒展。在看到我下楼的瞬间，他突然拉起宫泽的手转身就跑。两个同样瘦弱的身影飞速消失在巷口的拐角处。

江月瑶宛如春风的笑容美丽如昨昔。
我的心中涌现一丝羡慕,
但更多的是感慨和祝福。

2

没想到几天后,夏凌风和宫泽再次出现在我家阁楼下。"段佳琪,段佳琪!"他们在楼下将我的名字喊得震天响。我走下楼去,看到阳光下夏凌风的额头渗出细密的一层汗,宫泽站在他身边,双手抱着一个大纸箱。

"喊我干吗?小心我爸出来揍你们!"我没好气地说。心中仍在怀疑西辞的失踪跟他们有莫大关系。"你爸不在家——我们看他出去了才过来的。"夏凌风抬起头得意扬扬地喊:"你别误会,我们是来还你小狗的。"宫泽连忙解释:"你不知道吗?小狗在雷雨天特别容易受到惊吓,那晚你没将它抱进屋,不知道它是从哪跑出去的,竟然溜进了凌风家。"宫泽一边打开纸箱,一边对我道清缘由。

果然是西辞。它从纸箱里露出了小脑袋,东闻闻,西嗅嗅,然后"汪呜"一声,从纸箱里跳出来,直奔大门旁边的排水口,撅着屁股钻了进去!这个小东西!原来是从那里跑出去的。我顿时明白了。

还没来得及说谢谢,夏凌风就又大声喊:"段佳琪,那我们走了,再见!"然后跳上单车载着宫泽一阵风般地远去。

看着他们的背影,单薄而纤弱。我看着厨房里切好的新鲜西瓜,突然觉着索然无味。如果方才,自己鼓起勇气请他们进来一起吃西瓜,那么这西瓜的味道肯定是甘甜无比吧。

3

我说过,我很早前就认识他们。夏凌风和宫泽是襄原附小鼓号队的旗手和小号手,而我和闺蜜江月瑶是红领巾播音站的播音员。学校文艺活动时经常和他们碰面,但彼此并不熟悉。

我和江月瑶从小相识。我爸和他爸是同事。每天早晨,我们一起去校长办公室播报新闻,一人一支麦克风,把稚嫩的声音传遍校园。每逢节庆活动时,我们就很花痴地评论鼓号队里的男生谁最帅,最终一致认为:夏凌风和宫泽是当之无愧的校草。

在女生眼中,宫泽是王子,夏凌风是骑士,每个女生都幻想着自己是公主,想和他们一起重温只在幼儿园时才常玩的过家家游戏。我和江月瑶亦不例外。但是他们对谁都毫无此意。

可能就是因为这点小心思,暑假发生的事情我没有告诉江月瑶。

4

开学那天,我和江月瑶一起去襄原一中报到。办理完手续后,我们看到好多人都围在告示栏前。我们挤过去看,原来是舞蹈队和合唱团的新成员名单。因为是从附小直升初中,所以老师对所有人的情况知根知底，事先就做好了分配。我和江月瑶在舞蹈队。而夏凌风和宫泽在合唱团。

刚离开告示栏，我的肩头就被人拍了下："段佳琪，我们又见面了。"我一个激灵，转过头去，是夏凌风和宫泽。我匆匆和他们打过招呼，便随便找个借口拉着江月瑶离开。

江月瑶一脸狐疑地问我："你们啥时这么熟了啊？"我尴尬地不知如何应对，讪讪着说："可能是因为都是从附小升上来的吧，所以才打招呼的。""是吗？……"江月瑶脸上的疑问更重了。只是很奇怪，她似乎有点失落，但并没有打破砂锅问到底。

我和江月瑶没分在同一个班，但成绩都名列前茅。每个学期开学典礼上，我和她的名字都会出现在三好学生和优秀班干部的获奖名单里。学习之外，所有的课外活动，只要我参加，江月瑶肯定也会参加。我们似乎在暗中默默较量。

但是初二的第二学期，学校舞蹈队的队长因为要准备中考而退出了舞蹈队，所以老师将队长的重任交给了我。我第一次有了超越江月瑶的感觉，并为此沾沾自喜。江月瑶虽然对我说恭喜，但我能看到她藏在眼底的一丝失落。

5

初三那年，襄原一中即将迎来建校五十周年校庆。校方为此做了许多准备工作,包括精心编排各种汇演节目。

那天,很无意地,我和江月瑶还有几个舞蹈队的姐妹去看了合唱团的排练。他们排练的歌曲是罗大佑的《光阴的故事》。夏凌风和宫泽穿着统一的白衬衫、白球鞋、黑裤子,端正地站立在台阶上,就像漫画里的人气男主角。

我有些恍惚,初中都快三年了,我把所有的精力都放在学习以及和江月瑶的暗中较劲上。虽然频频从其他女生口中听到夏凌风和宫泽的名字,但平日里遇见了也只是匆匆打个招呼,除此之外再无任何交集,竟似真地完全忽略了这两个美少年的存在。

这时他们开始唱了:

春天的花开秋天的风以及冬天的落阳 / 忧郁的青春年少的我曾经无知的这么想。

风车在四季轮回的歌里它天天地流转 / 风花雪月的诗句里我在年年的成长……

合唱的声音很美很嘹亮,一下子传出好远。我却差点忍不住笑了出来——所有人一起开腔,唇形齐张齐合,声势浩大,唯有夏凌风和宫泽唇在张,但不发声,装得有模有样。

夏凌风生性捣蛋也就罢了,可连温润如玉的宫泽竟然也有如此调皮的一面。我正想指给江月瑶看他们的丑态,却看到她正盯着台上出神,眼里流露出一丝羞涩与柔情。我的心中泛起莫名其妙的疑问:江月瑶是在注视夏凌风,还是宫泽?

几天后,在校庆文艺汇演学生女主持人的竞选中,我输给了江月瑶。虽然我知道这是她靠不懈努力换来的，但我心里很难过——在小学时，每次主持节目的都是我。

但是随后的一个消息，让我更受打击——文艺汇演的男主持竟然是宫泽！仅仅只是一场预演彩排，他俩就配合得天衣无缝，更有许多同学在台下窃窃私语，说他们站在舞台上就像一对金童玉女。

由于经常要一起参加彩排，宫泽和江月瑶接触的时间和机会更多了，渐渐地便有了各种版本的绯闻。虽然我知道那些闲言碎语全是谣传，但就是莫名其妙地生气、难过。

也不知道是出于一种什么心理，我开始和夏凌风走得很近。约他一起早读，一起去自习室，甚至霸道地要求他每天帮我买早餐并送到舞蹈队的排练教室。没过多久，我和夏凌风之间的谣言也传得沸沸扬扬。

果然，当江月瑶听到和看到这一切后，脸上有一瞬间的失神。我有些得意，得逞似的继续享受着这种奇怪的心理。

校庆的时候，我作为舞蹈队的领舞，夏凌风作为合唱团的指挥，江月瑶和宫泽作为学生主持人，都风风光光、漂漂亮亮地将自己的勇敢、自信、才艺展现给了所有观众。日后回想起，那可能是我的青春里，最美好的回忆。

紧接着就是中考。大家铆足了劲儿狂拼一个学期，终于都以各自满意的成绩考上了襄原一中高中部。那个漫长的夏天，夏凌风和宫泽骑着单车，他们单车的后座上坐着白衣飘飘的我和长发飘飘的江月瑶。我们一起在湿润的夏季风中穿越襄原城的大街小巷，驻足几乎所有的临街店铺与美丽风景，用相机和笑声记录下十六岁的青春。

如果没有发生那件事，我想我们的未来，可能不是现在这个样子。

那是高二初春的某个午后，政教处的一则通知让襄原一中所有成绩好的学生心中都荡起了涟漪：学校与欧洲著名艺术学院进行教学合作，将保送一名学生去做交流生。

好学生有的是，但成绩好又有舞蹈、唱歌、表演、主持等艺术功底的寥寥无几。我和江月瑶无可争议地成为候选人。笔试后我和她总分并列第一。按照惯例，应该会在我们之间进行一场加试。我和江月瑶一边积极准备着，一边笑言这次一定要赢了对方。我们约定，无论谁胜出，输的那个人高考时都要努力考进那所欧洲学校。

但是，没有预想中的加试，校方直接把那个名额给了江月瑶。得知这个消息的一瞬间，我的大脑一片空白，冲动地跑去找校长想讨个说法。但是校长只是说，因为江月瑶在校庆时做主持人很出彩，所以综合加分比我高。这算什么狗屁理由！哪有公平可言？

我哭着跑回家，向父母哭诉，嚷嚷着让爸爸去学校找校长理论。爸爸坐在客厅点着了一根烟，久久地不说话。直到烟蒂烫到了他的手，他才涩涩地对我说："琪琪，既然这个名额老师

我第一次有了超越江月瑶的感觉,
并为此沾沾自喜。
江月瑶虽然对我说恭喜,
但我能看到她藏在眼底的一丝失落。

都已经决定给瑶瑶了，你就别闹了，以你的成绩，爸爸相信你一定可以考个好学校。我和瑶瑶爸爸多年的老同事了，两家关系一直不错，况且瑶瑶不是你的好朋友吗？如果我找去学校，这事闹开了，两家人面上都不好看……"

我惊得一句话也说不出来！他还是我的爸爸吗？就为了顾及他的面子，而让我不要闹？明明我是受委屈的那一个，怎么现在倒感觉是我多事，斤斤计较？我放声大哭起来。妈妈过来试图安慰我，我一把揉开她的手，猛然拽开家门，将门摔得震天响，跑了出去，不知跑了多远……我恨江月瑶，恨爸爸，甚至恨这个世界。

终于，我跑累了，也哭累了。回过神来，发现自己竟然已经跑到近郊的一处绿化林里。黑夜已经吞噬光明，四周人迹罕至，只有街灯散发着惨淡的光。

我以为当心灵受到巨大创伤后，人就会变得不畏生死，什么都能豁出去。但当那个浑身散发刺鼻酒味的醉汉一脸猥琐地向我迫近时，我还是感到了害怕。那一刻，我心生绝望：段佳琪啊，段佳琪，你是有多倒霉，尊严刚被人践踏，难道身体也要被醉鬼侮辱？很奇怪的，那时我心里先想到的，竟然是夏凌风和宫泽。接着才想到咬舌、用头撞树等宣扬贞烈的自残方式。

但是什么都没发生。就当醉汉试图抓住我时，像所有英雄救美的狗血桥段一样，也有个英雄突然出现救了我，是夏凌风。他从远处冲了过来，一脚踹在对方的小腹上，阻止了醉汉的不良企图。

得救了！我蹲在地上哭个不停，夏凌风过来搀扶我，突然一声闷响，他就直直地倒了下去。当鲜血从夏凌风的后脑勺往外渗时，我的尖叫声划破了黑夜里的静谧。狗叫声与手电筒的光束同时传来，是附近工地的门卫。那个醉汉丢下手里的砖头，蹒跚着逃之夭夭。

在门卫大叔的帮忙下，我打车带夏凌风直奔医院。到了急诊时，夏凌风已经因为失血过多而暂时性休克，医生立即对他进行抢救。宫泽赶到医院的时候，我还处于极度恐慌中，整个人蜷在手术室外的长椅上瑟瑟发抖。见到宫泽，淤积在我心底的委屈和害怕终于释放，我抱着他哭得肆无忌惮，就像一叶在海啸中垂死挣扎的扁舟终于找到了可以避难的港湾。

我依偎着宫泽一夜不敢合眼。天放亮的时候，手术室的灯灭了，夏凌风已经脱离危险了，医生说等他醒过来后就可以回家静养。我悬在嗓子眼里的一颗心终于可以放回去了。这才想起自己一夜未回，家里人肯定担心了，转瞬又想到，反正自己是离家出走，本就没想着要回去。

宫泽似乎是看出了我在想什么。轻轻说了一句："放心吧，我来医院时，给凌风家打过电话，说他和我在一起。"顿了顿，他又说："我也拜托江月瑶给你家打了电话，说你们……""够了！不要在我面前再提她的名字！"我大声怒道。宫泽适时地岔开话题，叹了一口气说："对不起……我都听说了。"

我凄凉地冷笑着没说话。

6

那晚的经历,耗光了我所有的冲动和精力。我选择妥协,准备用沉默来面对所有的流言与嘲笑。回到家,父母见我没事,高兴坏了。妈妈做了一桌子平时我最爱吃的菜给我,但是我只草草吃了几口,便回房看书了。

从他们的眼神里,我看到了担忧和关心,但我强迫自己变得冷酷无情。我告诉自己:段佳琪,是所有人先对不起你,唯有孤独,方可无敌。

从那天起,我一个人去学校,一个人回家,不与任何人说话,不谓忧喜。

听说江月瑶和宫泽来班里找过我几次,但我几乎每天都是踩着上课的铃声进教室,所以巧妙地避开了与他们的见面。直到我被夏凌风逮个正着。我是在学校门口被他堵住的。他头上的伤已经好得差不多了,他问我为什么躲着不见任何人。

我嘟囔了一句:"觉得丢人,没脸。""你丢人个屁,要丢也是江月瑶和他们宫家……"夏凌风大声想说什么,又戛然而止。我没有在意,因为当时心里空落落的,根本就没听他说什么。

我问夏凌风:"那天你为什么要救我?"夏凌风拿眼瞪我:"废话,我连你家那条小破狗都救过,更别说你这么一个大活人了。那天你在家大吵大闹的,后来又看你跑了出去,我自然就跟着喽。"

我又不争气地哭了。夏凌风不说话，只是轻轻地搂住了我的肩膀，而我没有推开他。但脑海首先浮现的，是那晚我在医院里抱着宫泽哭的情景。

原来襄原城真的很小，小到谁想找我都可以找到。就像这会儿，我和夏凌风在我家门口，被江月瑶和宫泽堵住了。江月瑶一脸难过地看着我，想走过来，又犹豫不决。

我冷笑了一声："这回是你赢了，不过我会遵守约定，光明正大地考进那所学校。"我故意把"光明正大"四个字说得格外重。江月瑶一下子就抽泣起来。我没理她，想绕开她回家。没想到，她这时却倔强地擦干眼泪拦住我说："琪琪，我真的不知道……"

她话还没说完，就被夏凌风推了个趔趄："别在这假惺惺的了！""凌风你干吗？"看到江月瑶差点被推倒，宫泽冲了上来。"你们宫家也不是什么好人，你敢说这事儿和你爸没半点关系？"夏凌风梗着脖子红着眼瞪着宫泽。

而江月瑶一脸吃惊地盯着夏凌风，眼里填满了难过、委屈和绝望。同样的情绪，也充斥在我的心里。我只看到宫泽对江月瑶的重视与在乎，完全忽略了夏凌风方才说的话。

"够了！你们不怕丢人就继续吵吧，我回家了。"我扔下他们径自走了。回到家，我越想越觉得江月瑶对夏凌风的态度很奇怪，再结合以前的一些事情，我似乎明白了点什么。一个替自己出一口气的想法，在我脑海里渐渐成形。

几天后的某个早自习，我给夏凌风发短信："早餐我想吃味多美的奶酪蛋糕，另外再帮我买一束百合，送到以前我们舞蹈

江月瑶一脸吃惊地盯着夏凌风,
眼里填满了难过、委屈和绝望。
同样的情绪,也充斥在我的心里。

队的排练室吧。"从初中到高中,一直是夏凌风帮我买早餐,这早已成了一种习惯。

一会儿,夏凌风就回了短信:"买那么大你吃得了吗?还有你要花干吗?"

"要和以前舞蹈队的好朋友搞庆祝。"我这样回复夏凌风。我没有骗他,是真的要庆祝,庆祝我和江月瑶十二年的友谊正式完结。五年前的今天,是我和她一起加入舞蹈队的日子。只是我没有告诉夏凌风,他不是观众,而是男主角。

早自习一结束,我就匆匆冲出教室。整个早餐的时间段,我都待在排练室的后窗外。

7

是的,我干了一件在日后想起,都会觉得自己蠢得要哭的事。

那天早自习我给夏凌风发完短信,就给手机换了一张花三十元在报刊亭买的新卡,然后给江月瑶发了一条短信:"那天是我不对,想向你道歉,早餐时间舞蹈队排练室见。"短信署名是"夏凌风"。

我知道江月瑶一定会去。我和江月瑶做闺蜜多年,尽管深藏着各自内心最大的隐秘,但是凭一些蛛丝马迹也能猜个大概。

当天下午,襄原一中的贴吧里,有人发布了一条爆炸性的帖子：保送生公然早恋，早自习幽会男友！点开帖子，夏凌风捧着蛋糕和鲜花与江月瑶"约会"的照片十分醒目。

顿时，整个校园沸腾了。消息传得很快，就连办公室里好事的老师也纷纷上网去贴吧看那些照片。紧接着，学校管理层也震怒了，一边勒令网络管理员立即想办法删帖，找出发帖人，一边紧急商议，如何处分夏凌风和江月瑶。

最后的结果竟然是：夏凌风在晨会上检讨，而江月瑶却什么事都没有，更别说保送资格会因此易主。都到这时候了，我压根不再想什么保送名额的事，我只是想让江月瑶难堪，让她也尝尝被人嘲笑的滋味。

但是，我猜中了过程，却猜错了结局，而且错得离谱。

我忽略了那个天不怕地不怕，为救西辞被我爸训斥，为救我被板砖拍晕，那个勇敢倔强傻得可爱的夏凌风。他用一种谁也没有想到的方式，对我完成了致命一袭，就像雷击。

那天晨会上，夏凌风走上讲台，从兜里拿出一沓纸，当着全校师生的面，开始检讨：

"我第一次见她时，是在幼儿园里，还在读小班的她想玩旋转木马，但那个大班的男孩一直不肯下来。

作为中班的我看不过眼，就把一根橡皮筋绑在手指间做成弹弓的形状，夹着一发废纸折的子弹威胁大班男孩下来。

然后在大班男孩哇哇大哭的声音中，中班的我和小班的她一起在旋转木马上开心地笑着……"

台下所有的同学都被逗笑了，只有我捂着嘴难过地哭了起来。夏凌风说的那个小女孩，就是我。我和他的点点滴滴，都被他字正腔圆地读了出来。顿时回忆被擦亮，悲伤开始检阅时光。

直到夏凌风念了将近一半的内容时，校长和教导主任才反应过来，这哪是什么检讨书，分明是一个少年对一个女孩深深的暗恋与爱慕。当夏凌风回忆到那次英雄救美的情节时，终于被打断，两名校警冲上讲台将他拖下主席台。

他对着麦克风说的最后一句话是，我想对她说："不管为她做什么事，我都不后悔。但是，这真的是最后一次了，再见了，我喜欢过的女孩。"

说完这句话，他的眼神穿过树影斑斓，穿过纷扰人群，穿过喧嚣尘埃，投射到我哭得通红的双眼中，犹如一束光，异常明亮，转瞬却熄灭。

那一刻，我的身体某个部位狠狠地揪了一下，撕心裂肺地疼。我知道，我永远地失去他了。

8

夏凌风被学校开除了，我再也没有见过他。后来听说他出国了。

江月瑶被学校保送去了欧洲那所学校，她的确够努力，短短几年就拿了好多奖，声名鹊起。

我没能兑现和江月瑶的承诺，高三那年成绩下滑得厉害，勉强考上了南方的一所重点师范类大学，不过总算能逃离襄原城，逃离这个让我伤心透顶的地方。

宫泽考上的是一所很有名气的医科大学，他那种性格当医生再适合不过。临走的时候，宫泽约我出来，说了许多话。他问我："那些照片是不是你拍的？"

"嗯。"我点头。都到这时候了，没什么可隐瞒的。何况我们几个当事人早就心知肚明。

"你知不知道夏凌风有多喜欢你？江月瑶又多在乎你？"宫泽浅淡的眉眼间，竟然罕见地透出了一丝怒意。

我有些愕然，但随即冷笑着问道："那么你呢？"这一年间，我内疚、懊悔、自卑、多疑、敏感，无形中，多了一副乖戾刻薄的个性："宫泽，你对我如何，对江月瑶又如何？"

是的，其实一开始，我是喜欢宫泽的，喜欢他温润如玉的气质。但是，他从来都将关注点集中在江月瑶身上，从来都和江月瑶有共同话题，配合默契。所以我嫉妒，我不服气。于是处处和江月瑶争，和江月瑶抢，把她当成我最想超越的假想敌。

在看到江月瑶注视夏凌风的眼神时，我就知道，她喜欢夏凌风——你已有了宫泽的关注，还想惦记夏凌风的爱慕？难道你是真公主，要集所有人的宠爱于一身才罢休？既如此，那我偏不让你如意。所以我示好夏凌风，使唤夏凌风，欺负夏凌风，伤害夏凌风，结果最后把自己伤得体无完肤。

听到我的话，宫泽愣了愣，随即深深地看了我一眼。聪明如他，或许只要一个表情，他就能窥破全局。他叹了一口气，说道："今天找你出来，本来就是要告诉你一些事情。首先，那一年你真的是误会江月瑶了。其实事情很简单，校方对你和江月瑶都很满意，但是因为江月瑶的舅舅是襄原一中新校区的承建商，我后来才知道，是我爸把他介绍给校长的。再加上江月瑶在校庆时的表现确实很出色，所以于公于私，这个名额也是会给江月瑶的。"

我默然，小城市的人情世故从来都是如此，在看似公平的抉择中，往往那所谓的"私交"，就可以让天平最终倾斜。不过，这些已然不重要，说到底，我的敌人从来都是我自己。

在浑浑噩噩中，宫泽和我告别。似乎是嫌之前对我的打击还不够，临告别时，宫泽问我："段佳琪，问你个问题，你是什么时候开始和江月瑶较劲儿的？"

我想了想说："那时我和江月瑶都很出众，但是经常听到女生们在议论，同级女生中哪个女生最漂亮、最优秀。有很多同学说是我，也有很多同学说是江月瑶。我们的较劲儿，或许就是从那时开始的。"

宫泽对我露出了一个意味深长的笑容，说："段佳琪，那我也告诉你一个秘密吧。在你没用那么愚蠢的方式伤害夏凌风和江月瑶之前，我一直是喜欢你的。时间有多长呢？大概就是听到男生们在议论哪个女生最漂亮、最优秀时吧，因为当时我的脑海里第一时间浮出的就是你。那晚在医院，当你抱着我哭得那么伤心时,我天真地以为,将来我会强大到足够你依赖……"

说完这些话,宫泽就走了,完全不理会我的反应。我欲哭无泪。时隔一年,继夏凌风那次在晨会时对我的致命一击后,宫泽也完成了他对我的暴击,用他独有的方式,君子动口不动手。

当一切都画上句号后,我在时间的洗涤下,也终于长大。暮然回首,我发现自己并不恨江月瑶,我也没资格恨任何人。这么多年来,我怨恨的对象,从来都不是她,而是平庸、怯懦、不自信的自己。我只是渴望自己像江月瑶那样,成为一朵明媚的花,傲然绽放于百花之中,以最绚烂的姿态和笑容。而江月瑶、夏凌风、宫泽,这些教会我成长与爱的人,只不过是我青春岁月里,住在隔壁的假想敌。

我一直在等待,等待着江月瑶对我的狙击。就像一种宿命,我坚信我会等到,然后完成我内心的涅槃。

我终于等到了。当我在腾讯窗口看到那则新闻时,感慨与祝福中,确实还夹杂着一丝羡慕与嫉妒。因为在江月瑶笑颜如花的那张照片的右下角,有个身影正在比划着剪刀手。虽然看似只是无意出现在镜头里的一个脸庞模糊不清的路人甲,但我知道,这种无聊的事也只有夏凌风才干得出来。

(荆纯)

9

与风与木忆鹿良

啤酒、大排档、夏天、狂欢、足球。又是四年一度的世界杯年。男人的节日。

然而这场盛宴,我们只不过是狂热的观众,在看他国的勇士为了荣耀拼搏厮杀。对于像我这种挚爱足球的人来说,滋味并不好受,但也只能暗叹时运不济,不能以身报国,更抱怨国足的儿郎不争气。

每当此时,我就能想起晨木,想起鹿良,想起涠洲城那个灼热的夏天。我会抿一口冰镇扎啤,嚼两颗花生,对旁边看球的人说:"嘿,哥们,你还记得上届奥运会女足比赛中,为中国队打进第一粒球的那个8号吗?她叫晨木,是我师姐。"

我的少年时代仅限于鹿良足球职业学院——国内第一所足

球专业高校。我的老师和教练们来自全国各地。来此之前，他们大多是曾经颇有名气、如今英雄迟暮的职业球员。当然，也有一部分是从事新闻和教育行业的。他们都有一颗热爱足球的心，对中国足球的未来充满希望。

有这么多优秀的老师和教练，最受益的便是我们。我们每天认真上课，刻苦训练，到了晚上，在星空下的灯光球场上，躺着、笑着，年复一年。

然而岁月流逝，在漫长的等待中，老师们初来时的激情开始褪却。几年间，虽然从鹿良毕业的学生也有成为职业球员的，但从未出过任何一个让媒体和世人公认的球星，所以老师们也表现出了灰心、焦躁不安类似更年期的状态。

就在老师们以为要这样目送一批又一批碌碌无为的学生毕业而了此一生时，一种奇怪的现象突然出现：在他们所熟悉的风格迥异的球技中，滋生出一些另类的技术动作并在平时嬉戏时被当作杂耍动作使用出来。

那些球技蹊跷莫名，配合着别扭的身体节奏，即使翻遍资料室里的每一本专业丛书，看遍所有的比赛录像，也只能在一些传奇球星的经典之作中找到一丁点的相似之处。比如范·巴斯滕的"零度角抽射"，罗纳尔多的"钟摆过人"……

校方某领导在高层会议上提出过这个问题，害怕学生都去练习这些华而不实的动作，而影响了正常的教学内容，所以建议要立即禁止这些怪异球技的传播。

然而，青春期的叛逆与好奇在这时毫无保留地体现出来：越是禁止，大家越想要去窥探。所以到最后，在忐忑不安的尝试后，我们开始接受这些在正规比赛中毫无用处的技术动作，并且乐此不倦。

在很长的一段时间里，学校的训练体系被这种不合常规的球技所扰乱，而主要原因，则是创造它们的老师不忍看着自己最得意的技术就被这样禁止。

这些老师中，又以技术总监安德烈老师为尤。因为职务关系，在教学实战比赛中，安德烈总会暗示我们在适当的时候，可以尝试着把那种技术运用出来。

结果成功的例子少之又少。因为正规的比赛对速度和力量的要求极为严苛，根本不容许球员做出那种浪费时间与体力的动作。偶尔有人强行做了出来，结果不是被防守球员轻易断掉球，就是自己衔接的动作跟不上，更像是小丑的表演。

这种违反学校规定的做法直接导致了安德烈的下课。他被调任做了文职。

直到顾汐风来到鹿良担任足球技术总监后，那种古怪的球风才被有效地遏制。而关于顾汐风的到来，一直是众说纷纭。

他在一个阴冷的早晨出现在了鹿良所在的润洲城。后来有居民说，当时顾汐风穿着一件黑色的风衣，潮湿的海风卷起了他的衣角，露出了里面的做工精良的刺绣唐装。

顾汐风初到润洲城时，根本没有人在意他，只当他是一位普通的游客。

然而，他却拿着一个足球出现在了北部湾足球场！

众所周知，涠洲城和大连市都有着"足球城"的美誉。足球文化在这座沿海小城里早已深入人心，居民生活中必不可少的乐趣就是足球。无论是老街坊、小弄堂，还是那些体育场馆，时刻都会看见洋溢热情笑容的人们在踢足球。

而北部湾足球场，更是民众心目中的"圣地"：每年一度的涠洲城足球业余联赛，就在这里举办；"涠洲城十大足球高手"也是在这里决出。所以当一个外乡人抱着足球踏足这块土地时，立即被闻讯赶来的土著足球人士所包围。业余联赛的名誉主席——一个上了年纪的老人代表众人向顾汐风传达了逐客令：

"这块场地不对外乡人开放，快点离开！"

"对，这里不欢迎你……滚出涠洲城……"周围人声攒动。

顾汐风用冷傲的眼神扫过众人，只轻轻地说了一句话："听说你们这里有所谓的十大足球高手，我想逐一挑战。"

他的话就像一枚深水炸弹，投进了沸腾的人群，顿时四周一片寂静。大家都被顾汐风的话惊呆了。在著名的"足球城"里挑战足球高手，这人莫不是个疯子？！

顾汐风当然不是疯子，他轻易地用一句话激怒了整个涠洲城。因为足球就是这里的象征，是人们的信仰，他们岂能容忍一个外乡人来践踏它。几乎是毫不迟疑地，大家一致决定让"涠洲城十大足球高手"的探花得主给这个不知天高地厚的外来人一点颜色瞧瞧。

探花名叫郑野翔。有次我们学校邀请他所在的街头足球队踢过一场友谊赛,虽然他的实力和学校里的教练以及优秀的学生相比,是差了一点。但在业余球员中,他确实很出众,无论是身体素质还是球技。教练曾说,如果郑野翔能再年轻五岁,将会是个优秀的职业足球运动员。

可惜这个老了五岁的准职业球员却被顾汐风用最耻辱的方式羞辱了。那简直是一场赤裸裸的蹂躏。看过他们单挑的人当时都有这种想法。

比赛一开始,郑野翔就带着足球向顾汐风冲了过去,他的目标是顾汐风身后的球门。贴身防守!顾汐风用最基本的动作靠了上去。郑野翔嘿嘿一笑,肩膀一使劲,他想直接用力量把这个瘦子撞飞。

然而当他结实的身体撞在顾汐风的肩上时,他才知道自己的想法多么幼稚。顾汐风纹丝不动地站立着,郑野翔却被撞得一个趔趄,脚下的球也脱离了他的控制范围,被顾汐风轻易抢去。场外观众发出一阵不可思议的呼声,大家想不明白,铁塔般的郑野翔为什么在身体对抗上会输给对方。

攻防转换!顾汐风带球向郑野翔奔了过去,郑野翔急忙摆出防守姿态,却见顾汐风轻快地盘球做了一个假动作,一晃、一挑,足球从郑野翔的双腿间快速穿过……穿裆球,郑野翔竟然被穿裆了!场下的观众彻底沸腾了,在足球技术中,最具挑衅和侮辱的过人动作便是穿裆球。

场外的观众和场上的郑野翔一样，愤怒却又无可奈何，只能一边咒骂着顾汐风，一边继续被顾汐风用华丽的球技蹂躏。

两人的单挑以郑野翔腿部肌肉抽筋而告终，而最后的比分为13：0。

混迹在人群中看热闹的我和高我一级的女足运动系的晨木被顾汐风的球技深深震惊。13个进球他是用13种不同的方式打进的，每次的盘带与防守，都结合足球运动中最基本的技术动作，而且，快速无比。

更让我吃惊的是，从他淡定的笑容和呼吸节奏就可判断，他根本就没有使出全力。我暗自盘算了一下：即使在学校，实力能超过他的，恐怕也屈指可数。这个顾汐风，到底是何方神圣？

赛后，顾汐风的嘴角泛起一丝冷笑，说："还有没有人要挑战的，如果没有，那我以后可不可以来这里踢球？"

四周一片沉默。在这场事关涠洲城荣耀的对决中，顾汐风胜得无可挑剔，他用强悍的实力让人们对他的要求默许、妥协。

顾汐风的盛气凌人让我莫名地心悸，带着无数的疑问和震撼，我和晨木赶紧回到了鹿良，将我们所看到的一切都告诉了校方。直觉告诉我，顾汐风出现在涠洲城，肯定和学校有关。

新学期来临的时候，学校各部门的负责人以及学生代表在会议室召开会议，选举新的技术总监。校长看着递交上来的候选名单不禁皱起了眉，过了好久他才突然开口："你们觉得顾汐风如何？"

整个会议室一下子安静了下来。

自从顾汐风和郑野翔单挑后，人们由最初的愤怒逐渐转成敬佩，接着便有人带头欢迎顾汐风，请他"露两脚"。后来更多的年轻人表示想要跟他学怎么踢好足球。渐渐地，顾汐风引起了校方领导的高度关注，早有传言说董事会想聘请他来学校任教，只是谁也没想到校长竟然会直接提名他来担任技术总监。

接下来便是个人信息调查、取证、公示，然后再进行投票。然而当校方收到调查组传回来的顾汐风的个人资料时，整个学校沸腾了！那些原本持反对意见的人也心悦诚服地投了顾汐风一票。

我们谁也没有想到，顾汐风竟然就是当年的"龙狮"——中国足球史上颇具传奇色彩的人物，曾与范·巴斯滕、罗马里奥、贝贝托等球星并列被称为"世界六大希望之星"的人。

投票开始，几乎没有人持反对意见，顾汐风以全票通过。校长带着聘书，亲自去聘请顾汐风。

一个星期后，顾汐风走马上任。他担任技术总监一职后，首先以雷厉风行的手段有效地制止了安德烈时代那种散漫球风的继续蔓延。

我不得不承认，顾汐风是个天才，他带来了一套极其有效的训练方式——依靠大量的训练和反复的练习来有效提高学生的身体素质与体能储备，从而培养出将来能成为职业球员的学生。

顾汐风的才华征服了所有人。某次晨会时，校长更是喜不自禁地大声歌颂道："顾汐风，这位昔日的世界希望之星，将为我们学校，为我们中国足球的未来，培养出更多的世界希望之星……"

一片狂热响亮的掌声中，我却瞥见隔壁队列中的我的师姐晨木，她穿着她最钟爱的印有8号的球衫，很不以为然地用小拇指挖了挖鼻孔。

顾汐风名声鼎沸的时候，晨木她似乎已经对足球失去兴趣。她不止一次告诉我，无论顾汐风如何利害，她就是对他有些反感。

但是在某个秋日的黄昏，我和晨木在训练场颠球玩。顾汐风却突然出现，他对晨木说："你是晨木吧，我们可以聊一会儿吗？"

晨木的表情有些错愕。顾汐风笑了笑说："晨木，也许你觉得我不应该认识你。其实不仅是我，学校大多老师都对你很欣赏。你是我在这所学校里见过的最有天赋的学生，你明白我的意思吗？我是想让你跟我学习，做我的徒弟，我会教给你许多与众不同的东西，将你培养成真正的未来之星，可以吗？"

顾汐风的话让我惊呆了：晨木竟然是最有天赋的学生？顾汐风要收她当徒弟？我有些嫉妒地扭头去瞧晨木，却发现她还处于震惊当中，以至于忘了点头向我们的技术总监致谢。

从此以后，晨木正式成为顾汐风的徒弟，跟着他学习各种足球技术以及相关的理论还有综合素质训练。

顾汐风的教导无可挑剔，他对晨木的要求极其严苛，在训练中稍微有些不如意的地方，就会毫不留情地训斥她，甚至体罚。

久而久之，晨木便对顾汐风那套枯燥的训练方法感到乏味。虽然大量的训练和系统化的学习让晨木的身体素质更完美，技术更简练实用，但是晨木说她越来越讨厌那些教科书般机械的动作，再也找不到踢球的乐趣了。她说她好怀念安德烈创造出的那些稀奇古怪、充满乐趣的足球技术。

晨木和顾汐风的矛盾终于在一次教学比赛中爆发。当时场上司职边锋的晨木在带球突破时一时兴起，使出了一个很久以前安德烈老师传授给大家的技术动作：当防守者近身逼抢的一瞬间，持球者左脚将足球快速拉至身后，并用脚后跟将足球拨向身体右后侧，紧接着右脚快速回收，用脚尖将足球挑向身体左前侧摆脱防守者。

晨木完美地完成了这一系列动作，以如此花哨的过人方式突破了对方的防守。场下人声鼎沸，大家都被晨木方才的即兴表演惊呆了。

然而顾汐风却怒气冲冲地跑到场边冲晨木喊道："喂！你在干吗？你是小丑吗？谁让你做那些无聊动作的？裁判！换人！换掉那个边锋！晨木，你赶紧给我下场！"

顾汐风当着那么多人的面给了晨木难堪，晨木先是涨红了脸，紧接着一把将训练服脱下来使劲摔在地上，决绝地朝场下走去。

在经过顾汐风身边时，她冷冷的一句话便冻结了他所有的怒意："顾老师，我受够你了！你还是另找高徒吧，以后我不会再跟你训练了。"说完后留下一个骄傲的背影给呆若木鸡的顾汐风。

晨木以被学校警告处分的代价脱离了顾汐风，开始了自我学习的道路。

而在顾汐风的教导下，学校涌现出了许多被誉为"全才"的学生。他们不仅脚法细腻，身体强壮，更难得的是，能很好地阅读比赛，都具备成为足球场上的"中场指挥家"的潜质。

鉴于各种条件都已经具备，顾汐风提议学校组建一支球队，去参加全国职业联赛，以此来提高学生们的实战能力。这个提议得到了所有人的支持。

尽管参加联赛的名额还未审批下来，但消息一传出，学校的生源便空前地繁荣起来。只要能进入鹿良足球职业学院的校队，就能一跃成为职业球员——这样的噱头吸引着五湖四海热爱足球的高三毕业生在志愿表上填了鹿良足球职业学院为第一志愿。

然而硬件设施的不达标，新生文化素质的参差不齐，地域特色的差异与冲突……诸多问题逐渐浮现水面，充斥在学校各个角落。种种混乱的现状让湄洲城的居民和鹿良学校的老师们心中隐隐地感到不安。

而此时的晨木却陷入了前所未有的迷茫中，没有了指导老师，她就像一只迷途的羔羊，对自己的未来充满了深深的担忧。

一个普通的下午，那个因为坚持教导学生学习怪异球技而被撤职的前任足球技术总监安德烈老师在图书馆和晨木不期而遇。

安德烈笑容和煦，他对晨木说，很感谢她在那场教学比赛中使出了他曾经传授的球技，这证明他还没有被孩子们遗忘，让他倍感欣慰。另外，当年他所推崇的那些球技，其实全是无数前辈球星历经岁月和无数次实践后才创造出的技术动作，但想要随心所欲地运用它们，得首先明白足球运动的真谛。

安德烈的话让晨木思索良久，她似乎明白了一些什么，但似乎又有了更多的不明白。于是她决定，不再自我摸索，而是拜安德烈为师，学习他的那些源远流长的球技和理论知识。

当晨木把这一决定告诉安德烈时，安德烈很是开心，他微笑着说："晨木，只要你愿意，一切都不算太晚。"

安德烈将平生所学倾囊相授，当晨木完整地接触到他独特的足球理念后才明白，所谓的足球的真谛到底是什么。

她迫不及待地想将内心的顿悟与安德烈分享。

"晨木，你真的已经参破足球的真谛了？"安德烈的话里明显带着一丝颤抖与兴奋。

"嗯，我想我有些明白了。其实足球运动的真谛不是为了创造利益，它只是要热爱它的人们懂得一个至理：生命在于运动，追求更快更高更强。只有放下任何的功利之心，去快乐地踢球，才能随心所欲地掌控比赛,制霸全场。而顾汐风一味地追求功利足球,终有一天会走上败亡之路,对吗?"

晨木的话音刚落,安德烈老师就笑了,笑得意气风发,一如晨木第一次在绿茵场上见到他时的样子。

晨木学有小成时,我却因为在校队选拔时落选而清醒意识到自己天赋不够,终究不是踢足球的这块料。痛定思痛后,我艰难地做出了一个决定:从足球运动系转去了体育新闻系,从此将人生目标定位在成为一名足球体育记者。

而此时的顾汐风和他的学生们开始变得日益平庸。

那些在学校时各项考核全部优秀的学生在毕业进入各个职业球队后,全部如流星般短暂闪耀后便彻底沦落为板凳球员。

人们用怀疑的目光重新打量鹿良足球职业学院,颓败之色在校园深处逐渐蔓延。

为了让学校走出困境,顾汐风不顾众人的反对,带着鹿良的校队正式参加全国足球职业联赛。而涠洲城的北部湾足球场,则成了鹿良队的主场。

但是受球员年龄偏小、缺乏实战经验、管理制度不规范等诸多因素的影响,鹿良队屡尝败绩,联赛还未过半排名就已垫底。这让以足球为信仰的涠洲城大众倍感愤怒,他们就像顾汐风刚出现在涠洲城那会儿一样,大声咒骂着他,喊他下课。

更加意想不到的灾难,在那个灼热的夏天,突然降临至鹿良足球职业学院——教育部突然发文,取缔上市控股公司参与

鹿良足球职业学院的实际控股方鹿良集团被迫撤资,我们眼看就要沦为失学青年。

民办高校教育的资格。

鹿良足球职业学院的实际控股方鹿良集团被迫撤资,我们眼看就要沦为失学青年。好在最后柳暗花明,和涠洲城毗邻的榕城的一座全国二类综合性本科大学,将我们学院整体收购合并了。鹿良足球职业学院从此更名成了那所本科大学下属的涠洲学院。

经过这场变故,战绩不佳又再无资金保障的鹿良队只能选择退出全国联赛。讽刺的是,顾汐风因为没有教师从业资格证,新东家拒绝继续聘用他。后来,他独自离开了涠洲城,不知所踪。

我没有再见过顾汐风。关于他最后的一则消息,我是在多年后某报纸刊登的一篇采访中看到的。顾汐风在采访中声称他曾被南方的一所足球学院聘去当足球技术总监,后来发现该学校是利用球星噱头进行招生,而说好的工资最后也没兑现,感觉自己被骗了……

安德烈老师也没继续留任,他带着已经毕业的晨木去了一家女子职业足球俱乐部当主教练。从此,除了偶尔的电话短信问候,我再没见过他们。

晨木在安德烈的一手调教下,只用了短短的一个赛季,便成了该球队的当家球星,并获得了那一赛季全国女足职业联赛的最佳射手奖。

第二年,晨木被征召进女足国奥队,参加了奥运会。并在首场对瑞典的比赛中,打入了那届奥运会上中国女足的第一粒进球。

毕业后，我在一家网站做了一名足球栏目编辑。在做一档关于世界青年足球锦标赛的栏目时，因为工作需要，我查阅了中国国青队历年来参加世青赛的数据，却意外地发现了一个让我头皮发麻的秘密。

顾汐风是在参加墨西哥世青赛时扬名海外的，在那届世青赛中，表现出色的顾汐风和后来的世界级巨星范·巴斯滕、贝贝托、罗马里奥等六名青年球员被外媒并称为"世界六大希望之星。"

让我意想不到的是，那届国青队的名单，安德烈的名字赫然在其中！

原来安德烈和顾汐风早在青年时代便已熟识，并在场上司职双前锋，是名副其实的"黄金搭档"。

那么当年顾汐风为何会出现在涠洲城？为何会成为鹿良足球职业学院的足球技术总监？

时间终究会澄清，那些迷茫困惑的青春岁月。

（荆纯）

10

遗失在青春里的那个人

作为全国有名的重点大学 S 大,校学生会里自是人才济济。所以即使像苏晴这样品学兼优的学生,在学生会里也不过是个小干事,负责整理办公室。

这天她去办公室时,看见学生会的几位部长都正襟危坐,便蹑手蹑脚地走进去拿出笔记本,准备做会议记录。

结果只听一句,苏晴就差点"撒手西去"!

"位高权重"的学生会主席沈裴哲抓着文体部长的手一本正经地说:"从手相看,你今年注定命犯桃花。"那语气整个一江湖骗子。旁边另外几人还在嚷嚷:"快点啊,下一个该给我算命了……"

如此的场景让苏晴始料不及,想想平日沈主席谦谦君子的模样,怎么也无法和眼前这个"算命先生"联系在一起。她哭笑不得地站了起来，赶快溜之大吉。

学校放十一假，寝室的姐妹们都各有活动，只剩苏晴一人在冷清的寝室留守。晚些时候，她从空荡荡的公寓楼里晃出来，抬眼已是暮色四合。

"嗨！"肩膀被人轻轻拍了一下，"苏晴，刚是你点的歌吧？1507833XXXX。"有人很流利的念出她的手机号码。

转过头去就看见沈裴哲站在身后咧开嘴笑得灿烂。她不禁又想起上次在办公室看到的情景，于是不由得抿着嘴笑了。

"走吧小师妹，我们去看电影。"他很自然就向她发出了邀请，语气笃定，由不得她拒绝。广播里有歌声传出，孙燕姿的《遇见》，苏晴点给自己的歌：

我遇见谁会有怎样的对白 / 我等的人他在多远的
未来 / 我听见风来自地铁和人海 / 我排着队拿着爱的
号码牌……

那晚的电影很感人，苏晴哭得一塌糊涂。可当她扭头看旁边的沈裴哲时，一下子就止住了哭，感觉心跳又漏了一拍——因为沈裴哲竟然也哭得眼睛红得像只兔子！

他们很自然地熟络起来。之所以能在三天后就坐在一起喝奶茶，是因为苏晴"恰好"想看那晚那部电影的小说版，而沈裴哲"恰好"有这本书，可以借给她。

她轻轻翻开书，扉页里掉出一张书店发票，上面有购书日

学校放十一假,
寝室的姐妹们都各有活动,
只剩苏晴一人在冷清的寝室留守。

期。苏晴瞪大了眼睛疑惑地问:"你昨天买的?"

沈裴哲突然就不说话了,低头猛吸奶茶,俯下去的脸被染成了夕阳色。

后来还是苏晴主动替他解了围,"沈裴哲,你真的会占卜算命吗?那给我也算一下吧!"

沈裴哲一本正经道:"没问题,给你打八折!你写个字我帮你测吧。"

苏晴在餐巾纸上写了一个"晶"字递给沈裴哲。他只看一眼,然后拿桌上的笔在纸上乱画一气,接着大言不惭地说:"'晶'字可拆为三'日',这似乎是预示你在三日之前曾邂逅喜欢的人。"

"啊!"苏晴的脸"唰"的一下红了,她想起了三天前与沈裴哲相逢的情景,嗔怒地瞪了他一眼,心想这家伙肯定是故意的,于是哂道:"尽瞎扯——换个问题吧,说说……我的过去与将来。"

这次过了好长时间,就在苏晴无聊地快睡着时,才看到沈裴哲不知何时从怀中拿出一副塔罗牌在桌上摆了开来,然后神神道道地说:"倒吊人!代表有着不愿回忆的过去,未来……将会突然离开——你要离开去哪里?"他急急地喊道。

"不……不离开啊,你尽乱讲些什么莫名其妙的话,一点也不好玩。"苏晴被他的预言和紧张表情吓到了,赶忙岔开了话题。

他们开始一起上课，吃饭，看电影。

闲暇时，苏晴会去看沈裴哲打球，看场上的他英姿飒爽，不由地心跳。散场后，她就拿着红茶和毛巾冲到大汗淋漓的沈裴哲身边，然后被他当着那么多人的面拥抱。一想起来，苏晴的脸就微微发烫，她想这大概就是幸福的感觉吧。

很多时候，苏晴和沈裴哲在一起时会相互诉说身边的趣闻逸事，追溯遥远的童年时光以及以前喜欢过的人，但很默契地不去询问对方家庭。苏晴心想：或许是沈裴哲不希望纯净的情愫沾染世俗的杂质吧。

男孩有时也会故作严肃，讲冷笑话逗苏晴开心；有时会一本正经地拉过她纤弱的手，轻轻地吻一下，然后指着某处纠缠的掌纹念念有词："你看，你掌心里的这个结，预示着将来会经历一次痛彻心扉的伤……"

然而苏晴只注意了沈裴哲眼中泛起的无限温柔，根本就没听到他说什么。

如果没有后来发生的事情，他们是否能一起走完青春最繁华的时光呢？

沈裴哲生日那天，苏晴带着礼物去找他。还未进去，屋内喧哗吵闹的声音就传了出来。

"裴哲啊，你家境那么好，干嘛还要玩苏晴那样的穷丫头？"一个尖锐的男声刺痛了苏晴的耳朵，靠着墙，她闭上眼睛轻轻地听着。

"别瞎说，小心我揍你！"沈裴哲清晰的声音似乎带着怒意，又似乎只是调侃，只是这会儿又怎能分辨。

"哎呀，别惹我们沈公子生气了，来！看一下，说说她吧，她怎样呢？"里面哄笑声不断。门外的苏晴捏着拳头，紧紧地咬着嘴唇。

"她啊，有什么好讲的，就那样呗！有点烦人。"沈裴哲的声音显得很不耐烦。

"那和凌雪比呢？"旁边的声音唯恐天下不乱。

"和凌雪比？当然是我家的凌雪漂亮啊！呵呵……"听起来沈裴哲笑得很开心。

苏晴不敢相信，沈裴哲的声音在这一刻，竟会那么刺耳。

于是飞快地逃离，她的手攥得紧紧的，骨节发白。原来，他在家乡早有了心爱的人，原来，爱情真的不是想怎样就能怎样的。沈裴哲，你把我丢下了你知道吗？

想起沈裴哲给自己占过的卦：不愿回忆的过去，未来会突然离开。苏晴苦苦地笑，他的占卜还真准啊。

苏晴没告诉过任何人，这个学期末，她就要转学回到原来的城市。没有人知道，她的家在那个繁华的特别行政区，爸爸妈妈经营着很大的公司。可是就在她刚上国中的时候，爸爸和妈妈因为事业上的事情突然决定离婚，任凭她如何劝解都无济于事。一气之下，她选择作为优秀交换生来 S 大就读，以这样的方法向父母示威。

现在，母亲告诉她已经和父亲重归于好了，希望她能早日回到父母身边。听到这个消息苏晴本该高兴,可是她怎么觉着反而更难过了。

原本,苏晴已经决定要留下来,为了沈裴哲,为了青春的年少恋歌而留下来。

时光荏苒。苏晴大学毕业后就帮着父母打理公司,大学里的往事早已沉淀成深深浅浅的记忆,只是回想起来,沈裴哲还是会偶尔浮上心头。

夏天的时候,在 S 大时的好朋友来香港游玩,找苏晴聚了聚。饭后闲聊不经意间提起沈裴哲,于是苏晴便打听他的近况,"沈裴哲怎么样呢?现在还和那个叫凌雪的女孩在一起吗?"

好友很奇怪地望着她说:"凌雪?你是说沈凌雪?那是沈裴哲的亲妹妹,怎么,你不知道?你离开他之后,据说至今他还是单身一人……"

顿时,苏晴呆住了。随着好友讲述当年的旧事,悲伤一寸一寸漫过心底。

原来当日,同学抨击苏晴的话语让沈裴哲愤怒,旁边的朋友见他脸色很难看,便拉他去看高中时的毕业留念照片。他们指着照片上的女同学向沈裴哲问东问西,还拿其中一个女孩的照片来和沈裴哲的妹妹沈凌雪比较谁漂亮。

听好友将当年的故事讲述完,苏晴早已泪流满面。原来真的,有些事情,上天一开始就给了他们考验,让他们在初相逢时，就笃定地认为这是天意。然而却忘记了：天意，往往弄人。

于是物是人非后，蓦然回首才终于明白：公元前他们太小，公元后他们太老，谁也回不到人生初见的那段旧时光。

（荆纯）

Chapter
3

幸福的密码

在深夜故事里，
找寻情感谜题的答案，
让疲惫的你安心入眠。

1

余生，和心疼你的人在一起

行走在这世间，每个人都不容易，生活的种种困境接踵而至，常常会把人压得喘不过气。

或许在你遇到挫折的时候，发现没有人伸出援手，只能自己咬着牙坚持。

或许你在人前笑靥如花，却在深夜独自流泪。

每个人都有无法言说的苦楚，但是这三种女人，最让人心疼。

善良的女人

罗素曾经说过说："在一切道德品质中，善良的本性是世界上最需要的。"

善良是一种珍贵的美德，一个女人如果善良，那她的灵魂一定是纯净、温暖，充满清香的。

心存善意的人，愿意相信世间万物都是美好的，她们待人和善，处事豁达，设身处地地为别人排忧解难，她们的存在，为世界增添了无限的温暖。

但是善良的女人活得最累，也最让人心疼，因为她们太在乎别人的感受，不忍心拒绝，总是处处为他人着想，竭尽所能地帮忙，往往会忽略了自己。

善良的女人，习惯忍气吞声，她们总觉得多一事不如少一事，忍一时风平浪静，退一步海阔天空，所以对受过的伤害既往不咎，对遭遇的苦难只字不提。自己明明掏心掏肺，对方却视而不见，有些人不但不懂得感激，甚至利用她们的善良，得寸进尺、变本加厉。

如果你是这样善良的女人，请一定要学会保护自己，你的善良，必须带点锋芒，不能让别人无底线地向你索取，你该为自己而活。

爱笑的女人

爱笑的女人，真诚热情，坚强独立，总是能给身边的人带来欢乐和正能量。

她们几乎不会在别人面前落泪，也从不让人担心。爱笑的女人，就算遇到难题，也会对未来满怀希望。

在她们眼中，世界是无比美好的，你会被她的乐观所吸引，也会被她的笑容所感染。有个爱笑的人在身边，就会觉得人生处处有阳光。

但是生活中谁都会遇到困难，爱笑的女人不一定就过得比别人好。她们也会遭遇困境，也会经历挫折。

只是她们懂得隐忍，习惯将委屈放在心里，压抑自己的情绪，用笑容来伪装自己，她们不愿给别人带来负能量，所以不管有多难过，还是会装作乐观坚强的样子，笑着挥挥手说自己没事。

希望爱笑的女人能遇见一个懂她的人，那个人能够分辨别出她的笑是发自内心的快乐，还是故作坚强的保护色；能够珍惜她的纯真，守护她的笑容，让她今后的每一次笑，都发自内心。

不会说话的女人

世上有形形色色的人，有的人伶牙俐齿，能说会道，而有的人笨嘴拙舌，不善言辞。

会说话的女人，往往能很好地展现自己的魅力，一开口就能够吸引所有人的目光。而不会说话的女人，不擅长表达自己内心的想法，在人群中总是黯淡无光，容易被忽视。

她们不会说甜言蜜语，只会用行动证明真心；她们不懂得撒娇求助，只会独自努力扛起所有；她们不懂得安慰人，只会在你需要的时候默默陪在你身边，给你无微不至的关怀。

那些未说出口的话，都化作了一点一滴的行动。只有当你真正走进她的世界，才会发现她有多好。默默付出却从不夸耀自己的功劳，承受着生活的压力却从未有过一句怨言，就算受了委屈也不会争辩。

不会说话的女人，她们最需要人懂，也最需要人疼，如果你身边有这样的女人，请一定要好好珍惜。

也愿每一个不会说话的女人，都能遇到一个懂你的人，他懂你的欲言又止，也懂你的言外之意。那些你没能说出口的心事，他都懂。

——夜叔说

爱、保护、尊重,对女人而言,
这五个字的分量重于泰山。

网友拍摄的一个婚礼现场，引起了热议。

典礼上，一对新人跪拜父母时，一名闹婚男掐着新娘的脖子，摁着新娘的头，嬉笑着用蛮力把新娘往地上推。看得出，新娘在反抗，怎奈力气太弱，反复几次，整个人几乎趴在了地上。此时，众人在笑，新郎在笑。

终于，新娘大怒，挣扎起身，扇了男子一个耳光。众人阻止，新郎阻止。大家认为新娘小题大做，新郎连声劝说："别打，别打，闹着玩，闹着玩。"然后拉着新娘，若无其事地继续跪拜，跟没他什么事似的。

西方的教堂婚礼，神父会庄严地问新郎："你是否愿意这个女子成为你的妻子，与她缔结婚约，无论贫穷还是康健，或任何其他理由，都爱她，保护她，尊重她，永远对她忠贞不渝直至生命尽头？"新郎会说："愿意。"

神父的一番话，男人或是不会细细地品味，那意味着一个女人舍弃了血脉关系的亲情，义无反顾地奔你而来，她余生的安稳与否，将与你有着千丝万缕的关联。

爱、保护、尊重，对女人而言，这五个字的分量重于泰山。

视频中的新郎，连保护都做不到，何谈爱和尊重？也许他会说，风俗嘛，都这样，顾全大局，考虑父母脸面，图个乐呵而已。

一个男人若真的爱你，他定会在意你的感受，心疼你的委屈，所谓的体面，又算得了什么。就像张小娴所说的"男人对女人的伤害，不一定是他爱上了别人，而是他在她有所期待的时候让她失望，在她脆弱的时候没有给她应有的安慰。"

挥动手臂，愤怒地扇向闹婚男的，应是新郎，犯不着新娘亲自动手。你委屈，就是我委屈。你怒，就是我怒。挡风遮雨的事，我来做；你只负责貌美如花、顺心舒畅就好。

誓言可以捏造，浪漫可以编织，唯有心疼是发自内心最深处的情感，任何人、任何事，都挡不住它情不自禁地迸发。因心疼而挺身呵护，最深沉的爱莫过于此。

看了视频，想起了我表妹。表妹结婚前，去婆婆家过年。男方老家有个百年延续的风俗，过年兴磕头。即使在大街上遇到一个哥哥嫂子辈的，前面就算是个水坑，你也得跪倒叩拜，习俗就是这样，不磕头不算拜年。临行前，表妹跟她对象商量，她能不能不磕头，虽说是习俗，她也说服不了自己，去给别人下跪。表妹对象很生气，叱责表妹不懂事。如果不磕头，全村人会说他父母的不是，会让父母丢了脸面。他让表妹忍着，按规矩行事。大年初一早上，全家人浩浩荡荡地出去拜年。表妹装病，赖着不起床，被她对象连拖带拉拽出了门。刚巧一出门，遇到了一个本家哥哥，弟兄几个齐刷刷地下跪。表妹愣了，戳在那里不知该如何是好。表妹对象扭头猛地把她往下一拉，她便"咚"一下双膝重重着地。活了二十多年，平生第一次下跪，竟然跪给了一个不认识的人，表妹委屈得眼泪打转。男人倒觉得表妹不可理喻，有什么好委屈的，既然爱我，入乡随俗那是很自然的事情。

回来后，表妹跟她的小姐妹们聊起此事。众人愤慨：这样的男人，不顾女人的感受，只顾保全家人的脸面，结了婚那还了得？趁早分了为妙。表妹始终没断了这份感情。结婚生子后，婆婆来了。老太太很霸道，对表妹的婚姻指手画脚，什么事都得听她的，若不听，就指桑骂槐。有一次，表妹跟她丈夫闹别扭，两人吵了几句，老太太护子心切，嫌表妹脾气大，食指狠狠地戳着表妹的脑门，破口大骂。表妹气得直哆嗦，她丈夫却站在一旁一言不发。事后他告诉表妹："她是我妈，我总不能去说她的不是吧。"表妹终于认清了，这段关系，也许一开头就是个错误。

对女人而言，最暖心的，不是山盟海誓，而是心怀委屈时，你能一马当先，用你宽厚的胸膛，抵挡万般风雨，细声安慰道："没事，有我呢。"如果一个男人不懂得你的委屈，就算他完美得无可挑剔，那也是没什么用的。真正爱你的，一定是可以带给你温暖力量，让你内心踏实的人。

《那年花开月正圆》中的吴聘，是万千女人心目中的完美男人。他呵护女人的细腻程度，暖化了众多女性的心。周莹自幼随养父浪迹天涯，生性豪放，倔强又不拘于约束。

新婚第一天的早上，小夫妻需要向父母请安。周莹跑掉躲开。吴聘知道周莹还不习惯，便由着她去，自己去请安，并替周莹向母亲遮掩。周莹不甘于闷在家里，总想走出吴府封闭的院墙。可每次都被守门的家丁拦住。为了散闷消愁，周莹爬到了院子里的一棵树上。吴聘见了,觉得可爱又好笑,便答应周莹一定带她出去。果真有一天,周莹换上了小厮的衣服,跟随吴聘走出了那个禁锢的大门。周莹进了六椽厅晨会,学习生意之道。吴四爷处处刁难周莹,找了个借口想把周莹从晨会中赶走。吴聘挺身而出,护妻心切,不顾繁缛礼节顶撞四叔。……沈家少爷取笑吴聘娶了一个不值钱的丫头,吴聘铿锵有力地回他:"周莹在我眼里是无价之宝。"其实对于周莹,温润的吴聘也是她的无价之宝。

最厚重的爱,就是真真切切的疼爱。他把你放在心中,捧在手里,珍惜着你。天下为难了你,他敢一扫天下。他甘愿为你劈波斩浪,以让你乘一叶扁舟,赏那心旷神怡的碧波荡漾。他按捺不住地就是想对你好,排除一切干扰的因素,小太阳一样暖烘烘地守护着你,阳光般的爱包围着你,温暖着你的一生。

讲个身边的事。我的一个好友灵灵,大学时谈了个对象。两人感情很深,毕业时为了能够在一个城市工作,费尽了周折。

没想到,天有不测风云。等两人准备好了一起打拼,憧憬着未来时,灵灵出了意外,一条腿落了残疾。灵灵男友全家极力反对他们在一起。说是若娶了个瘸子,就是给祖上抹黑,给长辈丢脸。这个儿媳妇他们是不会认的。灵灵很痛苦,就跟男友说:"分了吧,没有家长的祝福,婚姻也不会幸福。"男友说:"结婚是咱俩的事,幸不幸福也是咱俩的事,什么忌讳,什么脸面,那都不是否定你的理由。"婚后,第一次回男方老家,一家人都对灵灵黑着脸。特别是婆婆,指使灵灵做各种事情。让灵灵爬梯子取柴火,剁菜包饺子,烧火做饭……都被灵灵老公挡了回去:"她不会。"老太太怒了:"娶个媳妇是干什么用的,什么都不会,会干点啥?"

小姑子也在一旁,不咸不淡地开了腔:"哼,娶了个瘸子还有理了。"话音刚落,"啪"的一声被灵灵老公扇了一巴掌。

"谁再敢欺负我老婆,试试!"

那响亮的一耳光,威力十足,瞬间灭了全家嚣张的气焰。从那以后,全家人对灵灵虽然说不上亲,倒也客气了很多。

掩饰不住的疼惜,是真情;伪装不出的在乎,是深爱。

(邱洁)

2
告别不爱你的人，从爱自己开始

在感情中，我们常常错误地以为只要拼命对一个人好，对方也就会拼命地对你好。当你很爱一个人的时候，你愿意不顾一切地为对方做很多很多的事。

一位听友曾留言说，我这么卑微地存在于这段爱情里，不是因为我自卑，而是因为我真的爱你，太怕惹你不开心，太怕失去你，可最后，这样的卑微还是被抛撒在尘埃里。

但是一段好的感情不是一方拼命地付出，另一方一味地索取。

好的感情一定是相互欣赏的，一个人如果懂得经营自己，由内而外地去充实自己，让自己焕发出光芒，那么他也能够吸引到同样优秀的人。你自己首先得变得更好，将来才能有底气站在你爱的人身边说："我知道你很好，可我也不差。"

其实拼命对一个人好并不是爱一个人最好的方式，当你拼命付出时,是不是也认为对方"应该"也会拼命爱你作为回报?而得到的却是失望、难过? 其实,你有价值,你的付出才会被人重视。

如果你可以优秀到不用去害怕别人离开你,也许就没有那么多的患得患失。因为你知道自己想要什么并因此去努力,你有自己的事业和梦想,也有赚钱养活自己的能力,所以即便那个人离开了,也没有什么大不了,因为你已经学会如何让自己过得更好。

不管什么时候,一个不再刻意取悦别人的人,才能取悦自己。即使一个人再好也不值得你付出一切去爱,哪怕你爱得再热烈,爱情也只是我们生活中的一部分,在这之外一定还有更多的东西值得我们去感受,去热爱。也许我们这一生,会做很多错误的选择,也或者爱错了人,走错了路,但永远不会错的是,学会爱自己,经营好自己,这才是我们爱一个人最好的方式。

——夜叔说

1

前段时间,陪表姐去医院拿病理报告,化验单上写着:胃皮下低级瘤变。医生解释说,再发展下去就是胃癌。

表姐经常挂在嘴边的一句话是:"贪污浪费是极大的犯罪。"每顿饭,她会给老公和儿子做新的,自己经常吃剩的,对于别人的不理解,她会回击说:"我的肠胃好,吃什么都没事。"可这样日复一日地"回收",终于把胃吃出了毛病。

上周日去看她,就她一个人在家,家里热得像桑拿房,却不开空调,她拿着一把扇子使劲扇着风:"家里也没人,开空调多浪费,热又热不死。"这是表姐的解释。想起她以前,经常为了省两元钱,舍不得坐公交车,顶着毒辣的太阳走很远的路。在外面也舍不得买水喝,再渴也要忍着回家喝。

其实表姐和表姐夫收入并不低,每个月工资加起来也将近两万,在我们这个三线小城市,本来可以生活得不错,不至于这样亏待自己。她是思想转变不过来,舍不得对自己好。舍不得吃,舍不得穿,舍不得对自己投资,有钱攒起来给老公花,给父母花,给孩子花,唯独不能给自己花。

仿佛她来世间走一遭,就是为了自虐,对自己好,倒成了犯罪。

2

邻居李姐是一个热心的好人。她对认识的每一个人都很好，把别人的事都当成自己的事去办，不图回报的那种。

李姐和老公结婚二十年了，老公没有赚过一分钱，这些年一直是李姐在赚钱养家养孩子。她做过钟点工，摆过地摊，伺候过病人，什么能赚钱就做什么。她老公则无所事事，整天在家上网打游戏，要么就是和朋友出去喝酒，没钱了就跟她要。李姐不仅要赚钱还要承担所有家务。她老公在家什么活都不干，脏衣服泡在盆里泡臭了他也不会洗，因为他知道李姐会洗。李姐对这一切似乎并没有怨言，每天忙得像个按程序做事的机器人。

有一些邻居大妈看不下去了，背地里劝她老公要心疼媳妇，他立刻怼回去："别担心她，她能耐着呢。""他这个岁数了，出去也不好找活干，愿意在家就在家吧。"李姐这样对周围的人说，也像是在安慰自己。

李姐不仅惯老公，还惯孩子。儿子上高中以后特别爱和同学攀比。李姐给他买的二百多元的国产运动鞋，他嫌没档次，要买一千多元的耐克。李姐怕儿子在学校被同学瞧不起，就省吃俭用给儿子买名牌,她自己却连地摊货也舍不得买,依旧是每天穿着洗得发白的旧衣服。

就是这样乐于奉献的女人,老公还是和她离了婚,理由是李姐太强悍了,让他活得很没尊严。就是这样对孩子舍得付出的好妈妈,儿子却不理解她,经常抱怨李姐没有给他一个好的家庭环境,并且把父母离婚也归咎成李姐的错。

不能否认李姐是个善良的好人,但这种毫无底线的好,是以牺牲自己为基础的。别人非但不会感激你、心疼你,还会在你的爱里窒息。

离婚后的李姐把房子留给了前夫,自己出去租房子住了。她说前夫没有赚钱的能力,不忍心看他流落街头。没多久她前夫就再婚了,和一个离过婚还带着一个孩子的女人。再婚后,原本好吃懒做的他,破天荒地出去干活了,给人开车送货,每天早出晚归,虽然很辛苦,可经常听见他在楼道里哼着小曲儿,看起来整个人都比以前振奋。

他媳妇有时候在楼下和那些大爷大妈闲聊,开玩笑地说:"他负责赚钱养家,我负责貌美如花。"邻居们听后面面相觑,都替李姐叫屈。

女人在爱别人之前,要先学会爱自己,不爱自己的人,别人也不会珍惜你。

3

我有一个闺蜜就对自己特别好。她非常注重健康,每天都会为自己制定健康食谱,每年还要自费体检两次。平时吃的穿的用的都是自己能力范围之内最好的。她说:"女人不能活得廉价。"

她努力工作,为自己创造更好的物质条件,同时享受事业成功带来的成就感。她认真地谈每一场恋爱,全情投入。爱情结束的时候,也能调整好心态,全身而退。她说:"爱情半点不由人,干嘛为自己控制不了的事为难自己?谁都不配让我难过。"

努力挣得自己想要的,为自己的幸福负责,就是对自己好。世界那么大,那么多人,别人对你好是奢侈品,自己对自己好是必需品。

真正的对自己好,就是在生活的各个方面为自己打算。不熬夜，因为那会损害健康。不用劣质化妆品，不穿质地差的衣服，因为那会伤害皮肤。定期出去旅行，培养自己的兴趣爱好，不会错过每一个提升自己的机会。不会为了任何事，让自己的心情一直处于低谷，因为生命有限，用来做快乐的事都不够，哪有多余的时间浪费在不开心的事上。不会为任何人轻贱自己，因为自尊自爱的女人才能得到真正的尊敬和爱。

女人，对自己好点吧，人活一世不是为了委屈自己的。一辈子不长，尽自己的能力"奢侈"一回！

（匹诺曹）

3
缘分别强求，余生别将就

生活在这个世界，每个人都不可避免地被琐事困扰，很多人都活得疲累不堪。很多时候，我们看似得到了一份让人羡慕的工作，获得了一份看似美满的感情。可是，我们的心，真的快乐吗？

我们总是在人前灿烂地笑，却躲在无人的角落偷偷地哭。我们总是对别人笑脸相迎，背过身去，心却痛得不可收拾。其实，我们的心很累，也很苦。人这一生，说长也长，说短也短，所谓的来日方长，其实并不长。来这个世界一遭，我们总要真正为自己活一次。

往后余生，撇掉那些繁琐复杂的人事和圈子，好好去爱自己的家人和朋友，挥别那些无趣不堪的过往，好好去爱自己，然后遇见一份真正值得的感情。一切，简单就好，高兴就好。

再也不要去费力讨好谁，刻意去强求什么。认真叩问自己的内心，真正想要的是什么，真正喜欢的又是什么，然后，就去努力地做，勇敢地求。

当我们细细地去品味每一次日出，静静地去看一朵花开，真正地取悦自己的时候，我们就会发现，生活，其实真的很美好。往后余生，愿我们每一个人，都不讨好、不强求，真正遵从自己的内心活着。

——夜叔说

我的爷爷是个将吃饭看作人生头等大事的人。

他有一个严格执行了六十年的作息表：早餐七点半，午餐十二点，晚餐五点。这三个数字，是悬在所有家人头上的达摩克利斯之剑。如果有一天，某一顿饭的误差超过了十分钟，就会有很可怕的事情发生。

爷爷和奶奶也吵了六十年。

爷爷是那种书生气很浓的人，到八十岁仍要穿一个褶子都没有的白衬衣，说话轻声细语，做什么事都慢悠悠的。奶奶则刚好相反，声调高，语速快，随时随地保持着小跑的姿势，口头禅是："可急死我了！"

许多年前，奶奶挺着大肚子教邻居纳鞋底。邻居手笨，怎么也学不好。奶奶扶着腰说："你可急死我了，我回家遛遛。"

两个钟头过去，奶奶推门回来，看着手忙脚乱的邻居，大怒："我都回家生个孩子了，你还不会啊，可急死我了！"是的，她真的在纳鞋底的间隙，赶着生了个孩子。这个孩子，就是我爸。

这样的爷爷和奶奶在一起吵架，爷爷当然是完全处于下风的。有时候我都听不下去，准备助爷爷一臂之力。始终装聋作哑的爷爷，却突然开口了："都几点了，还要不要吃午饭？"

我以为奶奶会大发雷霆。但奶奶一看表，惊道："十一点了？你不早说！"转身就拖出砧板，咚咚咚剁起了肉馅。

在这个世界上最不能勉强的就是感情,
因为所有的感情都是缘分使然,
无法强求只能天定。

虽然嘴里仍不闲着数落爷爷,却并不耽误奶奶往肉馅里又掺一把剁碎的香菜。

香菜饺子,这真的是人类餐桌上该出现的食物吗?但偏偏爷爷下筷如飞,奶奶也不遑多让。两人埋头苦吃,什么争执都放到一边,郑重其事地分起最后几个饺子来——也许这就是无论争吵多少次,却没人相信他们会分开的原因。

爷爷说,吃得到一块的人,总是过得到一块的。

1941年,五岁的爷爷失去了母亲。次年父亲再娶,搬去新妻子的家。爷爷拎着个小布包跟在后面。父亲皱眉瞥了他一眼,说:"你留在家看房子吧。"

家徒四壁有什么好看的。爷爷吃完了家里的存粮,饿得像一只瘦骨嶙峋的小鬼,轻飘飘地贴在地上,突然感觉眼前一花,屋顶不翼而飞——房子被炸了。

在跟着乌泱泱的人群跑向防空洞的路上,爷爷吃了很久以来的第一顿饱饭,来自某个中年女人拎着逃亡半路又嫌沉给扔了的一大铁锅稀饭。

"大家都逃命去了,你蹲在路上吃饭,不怕死啊?"

"不吃也不一定能活。反正有可能会死,当然得吃饱了再死。"这是爷爷践行一生的生存哲学。

二十岁之前,爷爷没有好好在饭桌上吃过一顿饭。后来他去奶奶家提亲,看到一大家人围坐在桌边,吃一碟剁椒中的豆腐丝,觉得特别温馨。

"希望我们以后有很多的孩子,在一张饭桌上,热热闹闹吃到老。"按爷爷的说法,奶奶是被他的这句话打动,当机立断收拾了包袱,就要跟他夜奔。

对此奶奶嗤之以鼻:"我傻哦?他那时瘦得像个鬼,一看都可能活不过四十,还到老?!"

"那你到底为什么答应和爷爷在一起呢?"我刨根问底。

奶奶警惕地四处看了看,确定没人后,飞给我一个得意的眼神:"我发现这个人竟然爱吃豆腐丝中的野菜梗!"

1961年,对平民家庭来说,豆腐还是昂贵的食材。勤俭持家的奶奶,弄来许多野菜梗子,切得和豆腐丝同样大小,企图鱼目混珠,但都被火眼金睛的兄弟姐妹一一识破。只有这个第一次上门的奇怪男人,专门拣了野菜梗子来吃,还一脸享受的表情。

"那你是觉得和爷爷有同样的爱好,才结婚的吗?"我恍然大悟。

"当然不。"奶奶镇定地喝了一口茶,"我当时在想,如果和这个男人结婚,以后野菜梗就有人吃了。豆腐丝全是我的。"

一碟豆腐酸菜梗吃到四十年的时候,爷爷奶奶果然有了很多孩子。记忆中那方小小的红木饭桌,总是热热闹闹的。

小时候,总是几个家庭一起吃饭。我们家,伯父家和还没结婚的姑姑。

对比吃饭人数来看,饭桌上的菜可以说是简陋。常常是一碟辣椒炒肉、油炸花生米、小碗火培鱼、丝瓜蛋汤，再加雷打不动的剁椒豆腐丝野菜梗。但不知怎么，味道似乎就是要比别处好。

天气好的时候，爷爷会将饭桌摆在院子里的桃树、梨树、杜英、桂树、桔子树、葡萄架下，总之，哪个开花就往哪处摆。有时候吃到一半，月亮渐渐升起来，银白色的柔光透过花叶，一点点筛在碗碟中。

在这样的月夜里，和围坐的亲人一起谈笑着咀嚼食物。连性子最急的奶奶，动作都变得像爷爷一样慢悠悠起来。日复一日，我就在这样的餐桌上，明白了一个朴素的真理：吃饭，是平凡生活中最大的浪漫。

六十岁这一年，爷爷给奶奶煮面时，突发脑溢血栽倒在地，送到医院时，手里还紧紧握着一把葱。

经过三天抢救，爷爷依然没有任何醒来的迹象。在医生"尊重老人遗愿，回去准备后事"的最后通牒下，爷爷静静地躺回了家中的小床。

整个家笼罩在悲伤的气氛中，预习着即将到来的告别。没有人再操心吃饭这种闲事，除了奶奶——她依然遵循着爷爷那个持续了六十年的吃饭作息表，定点走进厨房做饭，再端到爷爷床边，一口一口地认真吃着。

很小的时候，我记得奶奶一生气，就爱躺在床上，闭着眼睛装睡。爷爷也不说话，只是端着一碗剁椒豆腐丝野菜梗，坐在床边津津有味地吃。每次还没吃到一半，奶奶就会气得坐起来，抢过筷子敲桌子："不许吃我的豆腐丝！"

现在，奶奶是希望用同样的方式唤醒爷爷吗？太可笑了。我掉着眼泪想，可惜生活不是电视剧，出现奇迹的概率和买到大白菜一样稀松平常。

然而奇迹真的就那么稀松平常地出现了。

爷爷是在奶奶吃到第六顿饭的时候突然睁开眼睛的。四目相对，奶奶夹着野菜梗的筷子僵在嘴边。半晌，爷爷叹息一声，幽幽地说："其实你是真的爱吃野菜梗吧？"

爷爷的苏醒被他的主治医生当作励志案例，在医院宣讲了二十年。

是的，当时复诊后，医生信誓旦旦地说，挺过了这关，再活十年完全没问题。而如今，二十年转眼过去，爷爷仍然每天坚持和奶奶吵上几句，又很快在饭桌上重归于好——能在一张桌子上享受香菜饺子的两个人，又怎么可能过不到一块呢？

我已经离开爷爷的饭桌很多年了。曾经，在远离家乡的陌生城市，被生活劈头盖脸地挤压到喘不过气来时，有朋友相劝：不用那么辛苦啊，找个好男人嫁了吧。

我试过的，和那些看上去最"正确"的男人约会，试图过上世人眼中最"正常"的日子。但很遗憾，当我们在一张饭桌上，常常出现尴尬时，我会想想爷爷的饭桌。

想起那些花树下的银光,想到我也曾经在那样温柔的月色里,被食物一口一口地温暖过,我的胃就比心先做出了判断。

一生太长了,这个要和我吃很多很多顿饭的人,还是不要将就了吧。

(阿娥)

4

不打扰是我最后的温柔

不知道你的心里是否也有这样一个人，曾经真真切切地爱过，分分秒秒地打扰过，现在却只静静地躺在彼此的好友列表里，不删除，却也不再想念。

你们曾相爱的时候，他对你的爱总在不经意间，就会从眉眼里，细细地流淌出来。你们相爱的每一个细节，让你想起来，都会感到温暖。

可是，爱上容易，相爱却太难。

他开始经常忘记答应过你的事情，忘记了你的生日，好像不再像从前那样细心，不再像从前那样包容你，不再像从前那样懂你。

是他变了吗？其实，只是他没从前那么爱你了。

可是爱情这件事，从来都是两个人的事情，如果两个人的电影，到最后却成了你的独角戏，那你又何必自降身价？卑微到尘埃里，还不如就这样算了吧。

　　捂不热的心，就别捂了。暖不到的人，也就别暖了。有些关系，注定已经越离越远，再想用力握紧，也无济于事，不如就此告别，相互祝福。

　　告诉他，以前打扰了，以后不会了。把他这个人、这个名字、这份感情，都深藏在心底，然后永远尘封起来，安静地看他的喜怒悲欢，也为自己留住最后的体面和尊严。

　　人这一辈子，有些人遇见就够了，余生，就算了。

　　有些关系最好的结局，就是没有结局，相濡以沫，不如相忘于江湖。对你来说，过好当下的新生活，才是最重要的。

　　余生，不打扰，不想念，一别两宽，各生欢喜。

——夜叔说

肖阳是我哥们儿，发小。我叫林静，比他小一岁。我们两个在相互闹腾中一起读过了小学、初中、高中，我叫他小样儿，是他名字的谐音，他叫我辣条，因为从他认识我，我就一直贼爱吃辣条。

我们在高二分班的时候都报了理科，当时我心高气傲，被那句"学好数理化，走遍天下都不怕"给成功勾引了。然而事实是，学理不过是我的一厢情愿，分班后事实证明，我的文科分数在高一那年一直在提携我的理科分数。肖阳在报了理科之后，成绩比原来文理双拼时明显好了很多。于是，他的名次成功地从我后面赶超上来。

光着屁股一起长大的朋友在我心里是没有性别之分的，至少和肖阳在一起的时候，我从没有过女孩子该有的矜持。我喜欢吃的水果他也喜欢吃，他喜欢看的小说刚好我也喜欢看。他会在每周五放学递给我一包辣条和一个苹果，告诉我吃辣条不好，要多吃水果。

高三的时候我们按部就班地参加高考了，他问我想去南方还是留在北方，我告诉他"我想去南方，南方有那么多山山水水，我要把它们玩个遍"。结果他去了南方学医，我却留在北方学了第二志愿的化工。相隔半个中国，十八个小时的火车车程。

大一刚开学，在认识新朋友的过程中，不免怀念一下老朋友。所以，刚开学的一个月，我频繁地给高中那些朋友，当然包括肖阳打电话。后来，在渐渐丰富的社团和学生会生活中，我拨出去那些叙旧的电话从每周一次到每月一次，再到记不清上次什么时候拨过。

肖阳每周都会给我打电话，问我"最近在学校怎么样""课多吗""忙不忙"。几个简单的问题以后，我就嫌弃他婆婆妈妈，在我眼里他是温柔的，我是强势的。

大一元旦前一天，他给我打电话，说很想念高中的日子，问我有没有想他。

我说："有。"

他问："真的吗。"

我说："当然是真的，现在都没有人给我买辣条了。"

元旦那天中午，他背着书包出现在了我宿舍大楼的门口，手里拿着一包辣条和一个苹果。

我问他："怎么突然回来了，再过一个半月就要过年了，坐一夜的火车你是不是傻？"

他说："开学走的时候没带羽绒服，我回来带冬天的衣服。"

在校门口的餐馆里我请他吃了饭，下午他便回家了。

他走后，我室友问我："林静，刚才那个长得很帅的男生是你同学吗？他是不是喜欢你？"

我白了她一眼，说："他是我发小，他回家顺便看我。"

大一的下学期开学两个月后，我的邮箱里收到了一封肖阳的邮件，一首录制的肖阳版的《传奇》。那首我从高一哼到高三的王菲的歌，歌的第二段是他自己填的词。我戴着耳机，开心中带有一点嫌弃（这是我对他的惯有态度），他的声音很柔软，唱得很有感情，歌唱完在我准备拨他电话吐槽他词写得不错的时候，耳机中传来一句害羞中带着阳刚之气的："辣条，我喜欢你，就像歌里唱的那样。"

电话没有拨出去，落在了地上。当时的我是震惊的，就像两个同性天天在一起，突然有一天，对方告诉你，他喜欢你，是男对女的那种喜欢。

肖阳的表白在我看来很平淡，就像他坐十八个小时火车明明只为了那句"想你啊"，却在见我的时候说成是顺便看我一样平淡。

多年后我才明白，那种表白比我后来被表白时收到的情书、玫瑰、众人打 call 都更珍贵，更独一无二。只是年轻的时候总喜欢场面的轰轰烈烈，却不知道平淡里更具真心。

三天以后我以短信的方式拒绝了他，我神经病地觉得短信比电话拒绝起来更委婉一些，短信内容很简单："肖阳，如果我身边还有什么比较纯粹的东西的话，那我们之间的友情一定是其中之一，我希望它一直纯粹下去。"

天晓得当时我怎样写下了这段话，后来我明白，那些话哪是什么委婉的拒绝，根本就是最明显、最直接的戳伤。

后来，他没有每周给我打电话，两个月后换成了我每个月给他打电话，当然，逢年过节我也会收到他在电话另一端的祝福。

大二过年的时候，我恋爱了。我不知道自己是什么时候开窍的，也许就是在肖阳跟我表白之后吧。在大学校园这个连空气都容易让男女彼此暧昧、加速肾上腺素分泌的地方，我成功地开始了我的初恋。

被爱情粉红泡泡包裹的我，智商一定和大多数女生一样是负数，我和男朋友在食堂里相互喂饭，在操场上散步调情，甚至在教室里制造浪漫。

我没有在寒暑假回家见到肖阳时提到男朋友，而他在我恋爱的四年里也从未问过。我们习惯了彼此的默契，依然在见面的时候相互吐槽，就好像他从未跟我表白过，而我也从未恋爱过。

大四我毕业那年，我在跟他聊天时假装轻松地问他："大学五年你不准备谈恋爱，就这么荒废了？"

他低着头过了一会儿骄傲地告诉我："我们学医的课程多，没时间。"

我信以为真了，因为我身边的朋友也像复读机一般地告诉我学医的课程多，天天累成狗，头发都要读白了。

在大学校园这个连空气都容易让男女彼此暧昧、加速肾上腺素分泌的地方，我成功地开始了我的初恋。

后来我考研了，如愿以偿来到了南方，研一快结束的时候，我和我谈了四年的男朋友分手了，原因是异地恋真的很辛苦，分开让彼此都轻松些。

我在失恋的疼痛里难过了两个月后，又恢复了以往整天元气满满、傻开心的样子。我一直觉得，失恋这种事就该自己躲在被窝里好好哭一场，不要闹得人尽皆知，所以在分手后的一到两年里还会有些老朋友问我："和男朋友感情怎么样，打算什么时候结婚？"

这一年，五年本科毕业的肖阳也考研了，他说南方太湿了，他不爱吃米饭，他要回北方。学校和家是邻省，火车四个小时的车程。自此我们又是一南一北。

我研二那年，就是他研一那年，大年三十那天晚上肖阳给我打电话，祝我新年快乐，他的声音有些沙哑，语气略带煽情，他说希望我可以一直快乐下去，一直好好的。

九月研三刚开学，我爷爷去世了。回家参加完葬礼我整个人像发了霉一样，肖阳跟我说，出去散散心吧，他给我推荐了很多南方他去过的好玩的地方，后来我告诉他，我要去他那里骗吃骗喝顺便收拾一下心情。于是在十一黄金周，我去了天津，肖阳的学校。他一应俱全地招待着我，第二天，他带了女朋友和我一起吃饭。

那时候我才知道他谈恋爱了，在我失恋的那一年。一个和他从一个学校一个专业考过来的女生，从大二开始追他，直到研一修成正果。

我结束了本来打算七天的旅行，在第三天就收拾东西坐火车回学校了，肖阳去火车站送我，跟我说："我以为他会陪你一起散心呢，他呢？"

我说："谁？"

他说："你男朋友。"

我顿了顿告诉他："他在学校有事情。"

我没有告诉肖阳一年前我就分手了。我带着他给我装好的一书包辣条和苹果走了。

躺在火车上，我哭了，那时候我才知道我爱上了肖阳，因为我的胸口疼得厉害，比研一分手那次还要疼。

我不知道自己是什么时候爱上肖阳的。大概是在我失恋以后对他依赖的时候；或者是在我习惯性地每个月给他打电话的时候；也或者是在更早，在他向我表白，我拒绝后的每一天，我对他的爱逐渐堆积。

一周后我收到了一个快递，是肖阳的女朋友寄来的，一封信和一个优盘。信的落款是肖阳。时间是我研一春节的那个晚上，那个肖阳对我说了很多煽情的话、希望我一直快乐的晚上。信的内容是肖阳写给自己的，是他内心对我的分别，我知道，就是在那天晚上，他要把他喜欢了高中三年大学五年的我放下了。

当天，肖阳的女朋友玲玲给我发了一封邮件。

林静

你好！

快递是我发给你的，里边的信和优盘都是肖阳一直保存的东西，我们两个好了以后，这些东西都归我保管了。我觉得这些东西都应该给你。算是他的一种告别，也是我们爱情的全新开始。

我知道你是肖阳喜欢了很久的那个人，从我大二追他那年，我就知道他心里一直有个人。我们大五毕业晚会那天，他喝了很多酒，一直念着说他想吃辣条，当时我们就把他宿舍那一整箱辣条搬过来让他吃，我们一直以为他是真的喜欢吃辣条，直到见了你。从我见到你那天，我就知道你是单身，这是女生的直觉。肖阳一直是个很尊重女生、很温暖的人。他用很长的时间温暖你爱护你，也用了很长的时间去忘记你，放下你。他现在终于解冻了自己，把心打开了。他现在对我很好，我也很爱他。现在的他比大学那五年笑容灿烂了许多，也没有再吃过辣条。我们很好，我也希望你可以祝福我们，不要打扰他。

玲玲

我打开优盘,里面有十六个文件夹,是南方那些有名景点的风景照和一个人的肖阳……

那些我说想去却没有去的地方,他一一走过,并拍照保存了起来。也许他一直在等有一天我可以陪他一起看那些照片,然而我一直没有出现,直到他走了……

后来,我没有每个月打电话给肖阳,只是在逢年过节给他祝福。就像他一直默默祝福我,不打扰我那样。因为我明白不打扰也是一种爱,是我最后能给他的温柔。

谁不是在爱与被爱中学会了更好地爱。

(走在路上)

5
愿你余生，有人爱，有人陪

　　世界上最温暖的事情，莫过于有人懂有人疼，不必假装坚强，遇到困难时有人倾诉，遇到伤心时有人安慰，有人知你冷暖，也有人懂你的快乐与悲伤。

　　人这一生所追寻的爱和幸福，很多时候，它是下班后亮着的一盏灯，是生病时递到手里的一杯热水，是睡前的一句晚安，也是出门时的一句叮嘱。

　　得到快乐和满足，其实就是这么简单，不需要轰轰烈烈，只需在柴米油盐的琐碎里，有人不离不弃地守护和陪伴。

　　人们常说，爱，能战胜一切。的确，有人爱的日子，再大的困境都有勇气挺过去，有人陪的日子，再苦的日子都有信心熬下去。

往后余生，愿你有人陪，有人爱，跟你笑看烈焰繁花，跟你共度细水长流。

——夜叔说

1

轻轻道晚安，我会一直，很心安。

微博上，有网友提问："如果一个男生坚持一年，每天微信都和我说晚安，是喜欢我吗？"底下评论大都是："肯定是啦，要不然谁会闲着每天那么无聊。你又不是神仙姐姐刘亦菲——当然，这一年你是他心里的神仙姐姐。"

仔细想想，有点道理。因为男女之间所有感情几乎都得经历这样一个阶段：看似风平浪静，实则暗流涌动；看似无心无意，实则处心积虑。就像韩寒在《三重门》里形容男主角罗天诚："表面上若无其事，内心却澎湃得像好望角的风浪。"有的人天性对感情比较内敛，他们不喜大肆张扬，喜欢"润物细无声"式的温情。有的是两人分居异地，见不了面，牵不了手，每晚唯靠手机微信，来表达他对你的念。

不管哪一种，都请相信，那个愿意每天陪你聊天，愿意每天给你道晚安的，一定是最在乎你的人。毕竟世界那么大，人们那么忙，每晚有那么多互无交集的电话、短信、微信在时空里飞速穿梭，而唯有一个是只为你而来。

山河万朵，我只怜一枝；弱水三千，我只取一瓢。月落星沉，人来人往，能遇见一个愿意对自己好的人，本来就不是一件容易的事，能遇见一位坚持对自己好的人更是不易的事。一坛好酒需要时间的酝酿，一段深情同样离不开时光的加持。

有生之年，每天对你说晚安，日复一日，持续一年，持续一生。

就如《浮生六记》里的沈三白与芸娘，你欢心为我把粥温，我誓与你立黄昏，一生一世一双人。

2

世界经典电影《这个杀手不太冷》，讲述的是一段萝莉与大叔的虐恋故事。四十多岁的里昂，是一位冷血杀手，他一人独来独往，有任务就执行，没任务就在旅馆照顾他的一盆绿植。十多岁的玛蒂达，成长在一个毒贩子之家，因为毒品交易，后来除了她，全家人皆被杀。阴差阳错，她认识了杀手里昂，并追随里昂学做杀手。在日复一日地相处中，两人之间产生了一种奇妙的感情。

电影中有一个细节处理得尤为动人——玛蒂达让里昂躺在床上，然后帮他轻轻脱下鞋子，两人相向而卧。临睡时，玛蒂达说："晚安，里昂。"这是里昂当杀手后第一次睡床上，也是第一次临睡前有人对他说晚安，因此他忍不住打了一个激灵。

一个简单的"晚安"，这来自人世的温暖，一下子唤起了里昂对生活的留恋。在内心深处，再冷血的杀手，原来也是渴望每晚有人对他说晚安的呀！所以在影片的最后，他不顾一切救

下了玛蒂达。并对她表白:"I love you,玛蒂达。"

导演吕克·贝松说,这其实是一个心理年龄只有十二岁的男孩和一个十二岁的女孩谈了一场恋爱的单纯故事。两个人因为孤独,所以相互慰藉;因为慰藉,所以温暖;因为温暖,所以纯粹;因为纯粹,所以绵密感人。

儿童经典绘本《晚安,月亮》里,也同样塑造了一只孤独的小兔子。每晚临睡前,它都对房间里的事物一一道声晚安。"晚安,闹钟";"晚安,房间";"晚安,灯光";"晚安,月亮"……每一句晚安里,其实都隐含着一颗细腻博爱的心。

人又何尝不如此?也许对你说的每一个晚安里,都藏着一个欲说还休的孤独灵魂,尤其是当"晚安"每夜如期降临时。

周杰伦在歌里唱:"就是开不了口,让她知道;就是那么简单几句,我办不到……"

有些爱,羞于开口,那就先借助于一些其他道具吧。最简单可行的就是每晚向你道晚安,希望你能接收到,这晚安背后的言外之意。如果能回我一个"安",那自然是最好不过。

3

之灵说和陆凯大学异地恋的那几年,是青春时光里最动人的一抹绚烂。

明明寒假在老家刚见过面,新学期开学三月份都还没过完,陆凯又在绿皮火车上站了一夜,来到了之灵的大学。

之灵嘴上嗔怪,却又温存地依在陆凯怀里感慨:"这是我们在一起的第三年,听的第三个春雷滚滚回大地。""嗯嗯,冬雷阵阵夏雨雪,我才敢与你绝。"陆凯打趣道。"言归正传,明天你就回学校吧!"之灵还是催陆凯赶紧回学校,虽然大学课程不紧张,但也不能旷课太多。"我不想回,回去后就只能对着手机和你说晚安。我想每晚在你耳边道晚安,然后再目送你回宿舍。"两人的恋情里,陆凯有时更爱撒娇。

是啊,他们已经靠着微信里的"晚安"度过了三个春夏秋冬。每晚聊到深夜寝室关灯,谁也舍不得先说晚安。有时候之灵困得眼睛实在撑不住了,就发出"晚安"。陆凯在那头回复:"嗯,晚安,宝贝。"可过不了两秒,又来了一句"宝贝,想你,梦里见"。"嗯,晚安。""好的,安。"

反反复复,一个"晚安"像拉锯一样被两人推来送去,嘴上说着"晚安",可心里谁都舍不得就这样真的晚安。

之灵第一次听陆凯解释晚安的含义时,心里既惊又喜。他说:"晚安的拼音'wan an'是'wo ai ni, ai ni'的藏头。所以,傻瓜,可不要随意对人说晚安哦!我只对你说,你也只准对我说。"

原来,简短两个字,却藏着气象万千,山河浩荡。每一个午夜"晚安",都包含着千万句"我爱你,爱你"。

若不是心心念念,谁会坚持每晚对你说晚安?难怪有人说,世间最美的情话是：临睡前，有你的晚安；睁开眼，有你的早安。

因为——

一句晚安，让我知道明天还有你。

一句早安，让我知道今天还有你。

无数个今天和明天，不小心就组成了人的这一生。

而一生那么长，有你在身边，轻轻道晚安，我会一直，很心安。

（言一言）

6

爱没有捷径，唯有用心

在一段感情里，如果只有一个人不停地主动，而另一个却不断地后退；一个热情，一个冷漠；一个加倍珍惜，一个却长期地敷衍和不在乎。在这样的相处模式下，感情迟早会冷淡。

这世上有太多的情感坍塌、婚姻破裂，都是因为不被在意和看重。而大多数幸福的感情，也都是因为双方不离不弃地守护。

两个人在一起，不是扶贫式地搭伙过日子，而是互相抚慰、扶持，无论相处多久，如果都能认真地去经营，就一定会谱写出独属于两个人的温馨和甜蜜。

任何感情，都是一点一滴积累起来的，失望也是。当一颗心不被重视，一个人不被珍惜，再深厚的情，再执着的心，总有一天也会离去。

爱是两个人的事,无论如何,只有两个人共同珍惜,彼此相守,才能长久。

——夜叔说

王小波说过:"一个人只拥有此生此世是不够的,他还应该拥有诗意的世界。"

无论你生活在社会的哪个阶层,一生的幸福都跟爱情、婚姻息息相关。

高品质的婚姻,需要一个庄重且意义非凡的开端,一个不断能荡起感动涟漪的过程,方能有一个互相依偎、回忆甜蜜一生的圆满结局。

能使得婚姻生机盎然、有声有色的,不是心血来潮的山盟海誓,而是那些天长日久、细水长流的仪式感。

《小王子》中说仪式就是"使某个日子区别其他日子,使某一时刻不同于其他时刻。"

婚姻中的仪式感,跟地位、身份无关,跟时间、金钱无关,跟你对婚姻的态度有关。它是你尊重爱情、珍惜彼此的最好见证,也是你郑重地叩开婚姻的大门、赋予婚姻鲜活生命力的一股力量。

记忆中,我是在父母的不断拌嘴中度过了喧嚣的童年。

他们因"一把锄头该放哪里"都能闹得无休无止。

父亲的两大爱好:茶和酒。无论吵得多么惊天动地,母亲都会雷打不动地隔三岔五从集市上买茶买酒。

每次吵完架,母亲都会泡上一壶清茶搁在方桌上。父亲咆哮完便默默走到方桌旁,吸溜吸溜地喝一壶润润嗓子。

这世间,有平凡的男女,
却没有平凡的爱情。
…………
无论怎样的爱都是一份美好,
一份结果。

有一次，母亲无意中看了一个电视节目，其中讲到茶道。第二天便去集市，学着人家买了一把看似上等的茶壶，白底青花很是高雅。这个茶壶被父亲视为宝贝，一直保存至今。

那会儿家里钱不多，父亲平时喝的酒都是廉价大桶装。但是每到节日，母亲都会从生活费中挤出一些钱，给父亲买上一瓶上档次的二锅头。父亲便有滋有味地一点点品尝，酒瓶也不舍得扔，瓶瓶罐罐地收藏着。

每当秋天的粮食换成一把褶皱的人民币，父亲总忘不了一件事，就是精挑细选地给母亲买件好看的衣服。母亲也会像过年似的穿着新衣服到处显摆。

但是像这样平静的时刻很短暂，时光在他们的吵闹中逝去，一直到我大学毕业、参加工作并有了自己的宝宝，他们也老了。

有一段时间，母亲来城里帮我照看孩子。父亲几乎每天一个电话打给母亲，家长里短地侃半个小时。若是父亲在家办了什么不妥的事，母亲会像训孩子一样在电话里教训父亲一番，电话那头再也没有吼叫的声音，只是诺诺连声："行，行，就你能。"

逛商场闲聊时，我打趣母亲："您这是要起义啊。"母亲满脸得意，一边说："现在轮到我欺负他了。"一边不由自主又跑进茶店研究各种茗茶，到老了还是这个习惯，从没改变。

我和老公也经常争吵不断。我有腰疼的毛病，一上火腰就疼。不管多生气，他总会灌个暖水袋放我腰后。每当腰部感受到热气腾腾的温度时，我的怒气也早已被蒸发得无影无踪了。

那个时候我明白了，为什么母亲和父亲吵到老也没吵散，越老反而越如胶似漆。

因为在烦琐和争吵的日子里，他们永远忘不了用自己的方式告诉对方：无论怎么折腾，我都会让你感受到我对你的在意。

母亲备好的那杯茶、用心买的那把壶、特意选的那瓶酒，熨斗一般熨平了父亲波涛汹涌的躁气。

父亲精选的新衣裳，暖风一样抚平了母亲伤了的心的裂痕。

婚姻像一件瓷器，极易产生裂缝。若是对这裂缝视而不见、放任不管，随着岁月日益扩大，最后可能一触便支离破碎。

所以磕磕碰碰的日子更需要彼此表达爱的仪式以疗愈伤痕。

那些不同的时刻变成了最难忘的瞬间，它会使冰冻了的幸福又像花朵一样绽放。在后来的日子里，当咀嚼记忆时，温暖便如同一坛酝酿了多年的老酒，更加浓烈地从心头涌出。

公司里有几个同事，因为孩子年龄相当，所以经常约在一起玩。小孩子之间闹矛盾，这是常事。但只要有江宁的儿子，刚子在，不用成人参与，刚子总能把矛盾从容地化解。开朗、坦诚、豁达、包容这些闪耀着光芒的特质，都能从刚子身上显示。

我曾经一度认为，江宁肯定有什么独特的教育秘诀。

直到有一天，我看到江宁正在一张很好看的贺卡上写祝福语，办公桌上还放着两包很耀眼的五彩纸屑。我问她这是要参加婚礼吗,她按捺不住愉悦地说:"我老公生日。我跟刚子已经摆好局,等刚子爸一开门,我们就往他身上撒五彩纸,扔他一脸一身,哈哈……"

都说幸福的女人最简单,此时爽朗大笑的江宁就像一个单纯的少女。

我说:"一个生日都整这么大动静啊?"

江宁说:"这不算什么,我生日那会儿,他们爷儿俩临时组建乐队,背着我偷偷排练了半个月的演唱,不过水平很烂。"说完又情不自禁呵呵笑起来。

江宁的教育秘诀无非就是挖掘婚姻中的乐趣,建立良好的夫妻关系,创造活跃的家庭气氛。你过得好不好,也影响着孩子能不能幸福。

仪式感就是保鲜剂,给婚姻源源不断地注入新鲜的血液,时不时地把埋在深处的"爱"拎出来晒晒阳光,平淡的生活便再次热血沸腾。

宋美龄喜欢梧桐树,蒋介石就在南京种满了梧桐。

自叹"拙手笨脚"的钱锺书,平生第一次划火柴,为的就是给杨绛准备早餐,蒸猪油年糕。

《那年花开月正圆》中的吴聘,在一个皎洁温柔、风儿轻轻的夜晚,用一个纸片片,为周莹补全了生命中最亮的那个月亮。

仪式感不需要多大的派场,用心的一句话、一个行为,都足以感动温暖一辈子。

人生如画，日子有时候过着过着就变成了黑白素描，了无生趣。仪式感就是那绚丽的色彩，点缀着生活，激活了婚姻，它弥补了缺憾，创造了圆满，打破了沉闷，放飞了激昂，把简单转变为丰盈，把平淡蜕化成精彩。

容颜易老，但初心未变。待到白发苍苍时，挽手互持，一同回忆往昔那有点浪漫的时刻。就像歌中唱的：我能想到最浪漫的事，就是和你一起慢慢变老，一路上收藏点点滴滴的欢笑，留到以后坐着摇椅慢慢聊。

（邱洁）

7
真爱你的人，会为你打破原则

最近朋友圈流行一段话：世界这么大，有人对你好，是你的骄傲；人心如此小，有心装着你，是你的自豪。总有一个人把你看得很重，失去什么也不肯把你丢掉。这世上，钱能买得起真正的奢侈品，但最奢侈的是你用多少钱，也无法买到的一颗真正惦记你的心。

有人说世界上最伤心的距离，是你甚至没有把我放在眼里，我却早已把你放在心里。就像有些人手机不离手，生怕会遗漏对方的每一条消息和每一个电话，却不肯告诉自己，对方其实永远都不会有回应。就像有些人熬夜成瘾，却始终换不来对方的一句晚安。人们似乎总是奢望前面的那个人能为我们停下脚步，却从不肯回头看看那个在我们身后的人有多累。

其实爱你的人根本不需要你拼了命去追赶，好的爱情也从来不是只靠一个人默默地等待和付出。走不通的路就回头，爱而不得的人就放手。得不到回应的热情就适可而止。别再把希望寄托在那个不爱你的人身上，因为到头来不过是发现你得到的只有失望。

也许我们爱一个人最好的姿态是，我可以惯着你，也可以换了你，我可以爱着你，也可以忘了你。等不到他的晚安，那就别等了，反正怎么都是一生，总有人熬夜陪你，下雨接你，说我爱你。爱情里，最不该让对方觉得一个人也过得挺好的，而是要让对方觉得，必须有你在，每天才值得期待。

——夜叔说

小楠带着她男友和我们一帮朋友见面,刚照面我就注意到了男生颈处的文身。

我暗自讶异,不要说男友,就连朋友身上有文身,小楠也表示极度厌恶,各种无情吐槽,怎么现在却不在意了?

等她男友走了以后,我忍不住调侃她这件事,她说了一句我印象很深的话:"你知道吗,有些人身上有一万个缺点,但是就是有一个优点,可以将其他缺点掩盖。"

然后她就开始跟我们炫耀他多有趣——"他在我生日的时候不是送花,吃饭,而是带我坐热气球。你知道吗,热气球!我从来没坐过热气球!而且他还很有才,会弹吉他,还专门为我写了一首歌……"

因为她的话对我一个单身狗来说实在太刺耳,所以后来也就没仔细听。

不过看她那满脸幸福的样子,我忽然感慨,我自己生活中的各种原则,在什么样的情况下会被打破,我想也只有遇到爱情的时候了。

前几天在公众号上看到有人写周恩来总理的故事——

周总理在年轻时曾在日记本中写下:我想守着"素食""不婚"两个大主义。

但在二十一岁那年,他去南开大学听讲座,看到了正在演讲的邓颖超,被她的才情深深震撼。在经过五年的书信交流之后,他们在第一天见面的时候闪婚,从此白头到老。

在其中一次书信中,总理写道:"我一生都是坚定的唯物主义者，可是因为你，我希望有来生。"

爱情就是有这样的魔力，能轻易地将一个人的原则粉碎。

就像网上流行的那句话：一生之中一定会遇到某个人，他打破你的原则，改变你的习惯，成为你的例外。

马薇薇在《奇葩说》上说，原则这个东西在爱情里就是用来被打破的。

当然了，原则跟底线有所不同，吸毒，有暴力倾向等这些是绝对不能容忍的，犯法的事咱千万不能干。

原则一般是在自己单身的时候定下的，比如对方的年龄不能比我小，共同消费时一定要AA，结婚后只能要一个孩子……

我们在恋爱前坚定地认为自己会守住这些原则，但在恋爱时又不由自主地放下。

有人会说，打破原则会让自己失去主动权。我想说，你或许掌握了很多主动权，但是又得到了多少的爱？

这其实是两种爱情观，一种叫"飞蛾扑火"，一种叫"稳住能赢"。

你可以嘲笑说："飞蛾扑火，最后除了烧伤自己，还能得到什么？"

林夏萨摩曾说过一句话"成年人的世界里，大部分时候都是理智胜于情感的，他们讲究的不是情感交流，互动。而是资源互换，利益共享。"

一生之中一定会遇到某个人,
他打破你的原则,改变你的习惯,
成为你的例外。

在平常的生活中，我们已经坚持了足够多的原则，所以在爱情里，我愿意做一个情感胜于理智的傻瓜。

元代女书法家、画家管道升曾作过一首很著名的《我侬词》，放在这里很应景：

把一块泥，捻一个你，塑一个我。

将咱两个一起打破，用水调和。

再捻一个你，再塑一个我。

我泥中有你，你泥中有我。

我们中国人讲究不破不立，两个人想真正彼此融合，必须先打破各自的原则，再重新塑造一个我们共同遵守的原则。

很多人口口声声说不想再做单身狗，可是自己又为爱情付出过什么努力？想恋爱，又怕放低姿态后皇冠会掉。想幸福，又将疆界划分得清晰明了。

在遇见你之前，我有千万个原则。遇见你之后，我的原则就变成了"我爱你"。

一部分人是不愿意为了爱情打破原则，还有一部分人愿意打破原则，但会将此作为道德绳索绑架对方：我都为你打破那么多原则了，你为什么还忍心这样对我！

想到亦舒《流金岁月》里的一句话：无论做什么，记得为自己而做，那就毫无怨言。

也许很多人打破原则，确实是对方威逼利诱下的无奈之选。但其实可以有一个更好的心态：我打破原则不是为了委曲求全，而是为了向你证明我有多爱你,所以我高兴,我乐意,我甘之如饴。

艾里希·弗洛姆在《爱的艺术》这本书里写道:
  天真的、孩童式的爱情遵循下列原则:我爱,因为我被人爱。成熟的爱的原则是:我被人爱,因为我爱人。

如果诚心地去爱一个人,我们就会打破自己最初的那个幼稚偏执的原则——你爱我,所以我爱你。而转变为更成熟的爱情——因为爱你,所以我心甘情愿地打破原则。

我始终觉得,在爱情中付出多于索取,才是更成熟的做法。

网友李萌娇在知乎上有关原则问题的回答,获得了高赞——
  年少无知的时候有过很多"原则",长大后发现大多不过是因为眼界窄,见识少,凭想象恶意猜度世界所产生的盲目的"不妥协"情绪而已。
  那种"坚守原则"的行为不过是十五岁的时候就把思想固化在了五十岁,拒绝感化,拒绝学习,拒绝成长。

每一次原则的打破,都可以称得上是一次成长。我不会再因为你多瞄了谁一眼就跳脚,你也不会再因为我跟别人聊天而气愤。

我们由原来的非黑即白，知道了世界上更多的是灰。我们由原来的骄傲和狭隘，变得更包容和豁达。

必须承认的是，我们对打破原则有着本能的恐惧。

我们一路跌跌撞撞走过，满身伤痕，难免会对未来充满忧虑和犹疑。为了防止自己再度受伤，我们在心脏外围筑起了高高的城墙，而那些城墙就叫作"原则"。

我们在城墙里蜷缩着，感受到了舒适和安全，并为此长出一口气。

但在城墙里待久了，我们渐渐发现生活变得越来越单调，越来越无趣。于是我们开始踮起脚向城墙外张望，才发现自己当初在建造时，把墙筑得太高，太坚固，以至于现在没有能力拆除。

突然有一天，一颗叫"爱情"的炮弹忽然向这些城墙轰过来，如果城墙还没倒，那说明这颗炮弹威力一般。如果倒了，那恭喜你，你遇见爱情了。

（布人谷）

8
一个人说话的语气里，藏着他的修养

很多人都说，爱一个人就是要跟他在一起说很多很多的话。可很多人不知道的是，真正爱一个人，其实是要和他好好说话。

一位听友留言说，我不问，你说了，这是信任。我问了，你说了，这是理解。我问了，你不说，这就是距离。其实两个人在一起的生活犹如长期对话，因为在一起的大部分时光，都是在说话中度过。所以当你决定要开始一段感情时，要考虑好你们是否可以谈笑风生地走到最后。

感情的开始往往是因为有话可说，但在很多时候它的结束是因为有话，却不能好好说。有时候是你问了，他不说；有时候是你说了，他不回。日子一天天变得沉默，感情也一天天接近尾声。还有一种是，两个人永远在发脾气，永远在挑毛病，永远学不会温柔，冷不丁就是一句让人绝望的话。有时候我们总是对外人耐心满满，微笑盈盈，却对身边那个陪伴最久、相爱最久、一起生活得最久的人无比苛刻。有些感情，熬过了大风大浪，却熬不过刻薄的语言和冷漠的态度。

都说爱不爱，看细节。说话又何尝不是一种细节呢？不在乎你的人，多听你说一句都不耐烦；真心爱你的人，才愿意和你好好说话。他会看到你的脸就没有脾气可发，他会懂得关心和体贴你，愿意听你诉说最近的烦恼，没有埋怨，没有沉默，没有指责，有的只是大笑、废话和偶尔的吵闹。感情有时候很难，但有时也很简单，一个多一点包容和理解，另一个多一点勇敢和坚持，好好说话的原因，不是为了得到什么，而是为了不失去那个在意的人。

——夜叔说

温柔的语气,藏着你爱人的修养

许多人说:"一个人说话的语气要比讲话的内容重要得多。"无论是在何时何地,说话的语气确实比内容本身重要多了,因为在它的内里,藏着一个人的修养。

总有一个人,一换语气和你说话,你就觉得整个世界都亮了。

他对别人说话的语气,和对你说话的语气,是不同的。在外说话时,他可能不会有太多的情绪,但是一面对你,立马就是软言细语,温柔如水。面对这样的爱人,你会觉得很值得,会把最深的爱,最真的情给他。

最近看了一个帖子,一个女生说在恋爱中感到很委屈,因为自己的男朋友无论是在电话中还是在日常交流中,对她都没有好的语气,每次说话就像是在吵架,她很难过。虽然知道男朋友就是这样的性格,也知道他是爱她的,但是女孩的心里始终是像有一根刺一样,被扎得生疼。

不好的语气,就像是在冬日里,突如其来的一盆凉水,将你的一腔热情和浓浓爱意,浇灭得彻底,让你只剩下心灰意冷

很多人都说,爱一个人就是
要跟他在一起说很多很多的话。
可很多人不知道的是,真正爱一个人,
其实是要和他好好说话。

和悔恨万分。所以，面对丝毫没有温暖的说话语气，即使再爱，也不敢爱得更深了。

曾经一度为朱亚文的"宝贝儿"所痴迷，那富有磁性的声音，令人沉醉。我想，这样温柔的语气，应是面对他所爱之人时，才会有的吧。他让我知道，原来喜欢一个人的时候，说话的语气只有在面对那一个人时才显得格外不同。每一句话，都是抛却了冷漠和沉闷，把内心最柔软的那块地方，留给了对方。他眼睛里只有她一个人的影子，别无其他。

在爱情里说话，千万不要肆无忌惮，因为并不是你说的所有，对方都能承受。语言的力量，有时候会比我们想象得要大得多。你要知道，你的每一句话，你说话的语气，你嘴角上扬的弧度，都会在对方心里，烙下深刻的烙印。而温柔的语气，不仅体现了你爱人的修养，还会让对方感受到你的真心，在往后的日子里，愈爱愈深，愈爱愈浓。

谦虚的语气，藏着你做人的修养

有人说："修养这个东西就像血管，可以盘根错节地生长在一个人血肉之躯的最深处，不可分割。"

谦虚的语气，会让人感觉很舒服，会有一种"将所有都毫无保留分享"的冲动。一句"请问""谢谢"虽然简单，但是给人的感受，却是非常深刻。

我的一个好友最近升到了总经理的位置，和她一起进公司的同事，依然奋斗在普通职员岗位。她比别人走得快，并不是她基础好或是"走后门"，而是因为她懂得谦虚。

从一名职场菜鸟，到现在的总经理职位，她一直都保持谦虚的态度。从上级处学得经验和知识，从同级同事处学来工作更好的处理方法，从下级那里学习和客户的对接与沟通……她从来都不觉得向别人学习是一件丢脸的事，反而会因为种种收获而感到欣喜。她觉得，谦虚并不是低声下气，而是在平等的基础上给别人以尊重。反观有的领导，会将自己放在一个很高的位置上，对下属下达任务总是用命令的口吻，工作出现问题第一时间就是责怪下属，从来都不会以平等的姿态对待。

古语云："得民心者得天下"，一个领导，如果连自己下属的忠心都无法拥有，那他必定不能服众。其实，人心都是肉长的，谦虚的语气，会让人如沐春风，命令的语气，则会让人如饮冷水。

我们做人，亦如麦穗的生长。麦穗空的时候，麦子长得很快，麦穗骄傲地高高昂起，但是等到麦穗成熟饱满时，它们开始垂下麦芒。麦穗都知道谦虚才能成熟，更何况我们做人。

"三人行，必有我师焉"，其实不仅是在职场上，在我们平时的生活中，也要懂得谦虚语气的重要性，因为每个人都是一本书，都是值得我们学习的经典。

诚恳的语气，藏着你交人的修养

一个人的心情好坏，很多时候不是取决于自己本身，而是取决于别人对你说话的语气和态度。

我们在茫茫人海中，跌跌撞撞一路走来，和不同的人交手，到最后，留在身边的，肯定是拥有一颗真心的人。他不会花言巧语，只会予你诚恳和安心。你说的，他从来不会敷衍，只会在你结束后，表达他最诚挚的想法。

在《女人有话说》的一个场景中，韩雪认真倾听奚梦瑶和谢依霖说话的模样，让我感动。虽然说的是她不太懂的话题，但是她很认真地听着，并且诚恳地说出来自己的看法。最后，在短短的三天相处时间里，她们成了很好的朋友。

等待别人把话说完，是一种能力，也是一种魅力。而对别人所言给出诚恳的回答，是尊重，也是修养。

有的人仗着友情深厚，慢慢开始变得"随便"。敷衍的"嗯""哦"和不以为然的"切"，有时候会成为摧毁友情的致命一击。无论是多深的友情，都经不起你不诚恳的打击，因为你的语气里，都是满不在乎的样子。

我们人很奇怪，总是会对最亲近的人发脾气、恶语相向。殊不知，我们最应该诚恳以对的，就是我们最亲近的人。

谁真谁不真，主要看人心，人心诚不诚，尽在言语中。

说话的内容可以撒谎，但是说话的语气，是不会撒谎的。语气的诚恳与否，就决定了能否交心。如果我们用诚恳的语气去交流，无论是好朋友、家人，还是陌生人，都会给你温暖。而如果我们不诚恳，那他们也会紧闭心房，不会再给你诚恳地回应。

说话是一门艺术，而说话的语气里，藏着你的修养。对别人说话语气不好，其实是因为自己修养不够。

愿你我都能修得这好语气，都被世界温柔以待。

（谨宁）

9
做内心强大的女人,爱最好的自己

懂得享受生活,是一种智慧。只有懂得享受生活,才能活得快乐,活得轻松自在。要学会享受生活,首先要学会的,就是为自己而活。

有的女人,一生都在为别人而活,希望做别人眼中的乖乖女,希望成为一个称职的好妻子、好妈妈,希望父母为自己而感到骄傲,希望每一个人都能认可自己。

可她们,忘了问一问自己:我想成为一个什么样的人,我想过什么样的人生?有的人,也许到死都没有去思考过这个问题,就那么兢兢业业地成了别人眼中的人。

这一生有多长?短短数十载。我们就只活这一回,何不先为了自己而活?

为自己而活,不是自私自利,不是不顾他人的感受,也不是把自己封闭在一个小世界里，拒绝与任何人交流。

　　为自己而活，是把幸福的权力交付自己。知道自己想要什么，就努力地去追求；知道自己想爱什么样的人，就耐心地等待；知道自己想过什么样的人生，就大胆地去实现。

　　在我们没有好好爱自己之前，又怎么有能力去爱别人？自己的人生都活不好的人，又怎么去参与别人的人生？

　　先为自己而活，对自己的幸福负责，才能给别人带去幸福，这样的幸福谁也抢不走。

——夜叔说

禅宗公案里有这样一个小故事：

一个小和尚问老和尚，人一生最害怕什么。

老和尚让小和尚自己想，小和尚一下子想了十几个答案，有孤独、悲伤、恐惧、绝望……但好像都不合老和尚心意。

最后小和尚求老和尚指点，老和尚安静地说："人一生，最怕的，是自己。你说的孤独、悲伤、恐惧、绝望等，其实都是自己内心世界的影子，都是自己给自己的感觉。你对自己说这些真可怕，我承受不住了。那你就真的会害怕。同样，假如你告诉自己：没什么好怕的，只要我积极面对，一切都能战胜。那么就没什么能难到你。"

小和尚恍然大悟："原来内心强大才是真正的强大。"

一切情绪感受只不过是内心的一种映射。

杨宗纬在歌里唱："如果你愿意一层一层一层地剥开我的心，你会发现里面深藏的秘密。"

其实有谁的生活不是在剥洋葱？一层一层剥开，总有一片会让人想流泪。只不过有的人扛住了，有的人却妥协了。

我有个模特女友，身材迷人，面容娇媚，每次出场走秀，她都自带万丈光芒，俘获粉丝一拨又一拨。

在外人眼里，她简直就是个完美女人，事业顺利，相貌出众，又有个高富帅男友。

在爱对方的同时,也更爱自己一点。
只有这样,你们在相处起来时,
才会彼此感到舒适和自然。

但其实私底下，她经常忧虑，不是担心男友出差会不会出轨，就是害怕新来的"95后"小模特哪天超越了自己。

这种无处不在的不安全感总是困扰她，渐渐地她的额头爬上了一些抬头纹，和男友也是时不时就冷战几天，跟着心情不佳又影响了工作进展。

生活中我们身边总不乏这种女人，她们容易为自己臆想出来的"莫须有"事件所忧虑，越想越坏，本来没多大的事，后来硬是让自己的坏情绪影响到事情的走向。

在医学界一直流传着这样的说法："得了癌症然后死亡的患者中，有一半是被吓死的，另一半是被治死的。"

网上一个医生说，这话一点也不夸张，癌症并不是不治之症，对于癌症，首先是不要被它吓住。

他讲了一个肝癌患者的病例——

病人的癌块有2.1公斤，手术后竟然活了十多年。因为这个病人是个农村妇人，对癌症这种恐怖症一无所知，医生告诉她做手术切掉了，她就当真相信了，然后开心地活了下来。

对于癌症，医生们都有这样一个共识：每一个从癌症中活出来的人都是乐观豁达的，无所畏惧的。因为悲观、绝望、恐惧、担忧的情绪就是癌症进展的催化剂，而乐观自信的态度则是战胜癌症的前提。

其实很多时候,我们感到不开心、郁闷、痛苦,真的不是因为外界环境所迫,而是因为我们的内心有太多纠结和执着放不下。

内心强大的女人,往往都懂得放过自己。放下无谓的纠结,放下过去的恩怨,给自己重新开启一扇门,走出困住心灵的牢笼。她们过着真正丰富自足的生活,并不是因为她们多富有,也不是因为她们有多么好的伴侣,而是因为她们拥有一种比最贵重的珠宝还有价值的礼物——她们是自己命运的女王。

在胡适的缤纷情史中,最令人欣赏的不是至死都要为他守候的痴心小表妹,也不是笑到最后的原配小脚妇人,而是他青年留学时遇到的一位异国女子——韦莲司。

韦莲司在胡适的一生中,绝对可以算得上是浓墨重彩的一笔。

胡适并不是长情之人,于他而言,爱情更像一种际遇,兴至而来,兴尽而归。

当和胡适断断续续的爱被现实架空时,这位异国女子的姿态更有花木兰从军似的坚决果敢。

听闻胡适在中国又有了新欢,她没有一味沉浸在消沉悲伤中,而是把他们曾经的爱变成了建构自我的原动力,她重新收拾自己,一心埋在绘画事业里。

最后她给胡适写信说:老友,生命中总是充满相聚与别离,在相聚与别离之间，我们有工作。

在人生的重大转折上，韦莲司没有让爱情成为她滞留某处的绊脚石，而是看清真相，重新上路。

她不仅拒绝了命运对她的捉弄，更拒绝了对生活的妥协，勇敢做回了她自己。

黑格尔说：爱的真正本质在于意识抛弃和忘掉自己，然后享有和保持自己。

一个强大的女人，自始至终都明白这样一个道理：人到最后，只有自己才是自己的归宿，优秀的女人都是自己为自己戴皇冠。

人活一世，每时每刻都要接受来自生活各方面的考验和筛选，当一个女人内心强大到足以掌控自己的命运时，她就能用自己的力量去化解不断而来的失败和挫折，不断追求更好的自己。

即使遇到命运的责难，她们始终保有温柔，坚定而不失力量，像风中柔韧的柳条，随风摇摆，却不会被摧折。

《大秦帝国》里有一位老世族说"飓风过岗，伏草惟存"，讲的就是外表柔弱，内心强大。

无论遇到何种困难，姑娘们，都请告诉自己：太阳明天照常升起，生活依然得继续，无论好的坏的，都坦然接受生活给予的所有馈赠。

西方有句古老谚语：困境往往裹挟着命运老人给你的礼物。所以说不定哪次困境里就藏着宝，你一定要仔细寻找，千万别错过！

（言一言）

孤 独 的 人　　总 会 相 遇